Kadokawa Fantastic Novels

繼母的拖油瓶是我的前女友 10

只要能伸出手，妳就在那裡

「結女同學，難得過情人節，我們來做那個嘛，那個！」
「妳們兩個，為什麼想出的主意基本上都跟青春期男生沒兩樣？」
伊理戶結女
Yume Irido
東頭伊佐奈
Isana Higashira

『啊——就是那個吧！』
Happy Valentine!
南曉月
Akatsuki Minami

結女側眼往上輕瞥了我的臉一眼後，
又翻過身來換了個姿勢。
變成仰躺。
就像投降的狗狗那樣——張開雙臂。
「……我……不會生氣啊……」
那種姿勢，就好像將撐起針織上衣的雙峰任由我處置，
使我一時之間停止呼吸。

繼母的拖油瓶是我的前女友 10

只要能伸出手，妳就在那裡

紙城境介

插畫／たかやKi

Kadokawa Fantastic Novels

目錄 Contents

♥如此開始，如此日復一日

伊理戶結女◆全新的日常生活

「我出門了——」
聽我在玄關邊穿鞋子邊這麼說，媽媽打開客廳的門，顯得一臉不解。
「奇怪？結女妳要去哪裡啊？今天是元旦耶……」
「我跟朋友約好了。」
真佩服我變得這麼會說謊。這九個月來內心有愧的同住生活，把唯一可取之處就是個性認真的我變成了騙子。
可是只有現在，這種內疚感反而讓我心情很自在。
「這樣啊。路上小心喔～」
「嗯。」
沒發生什麼狀況，我走出了家門。

一月的寒風冷得刺骨。我把圍巾拉起來包住嘴巴，踏出家門往前走。然後在彎過一個轉角後停下腳步，靠著石頭圍牆躲起來。

等了一會兒後，一陣腳步聲漸漸靠近過來。我讓背後離開圍牆時，正好有個男生從轉角轉過來，向我稍微揮了揮手。

「嗨。」

「嗯。」

簡單打個招呼而已。

當然了。因為「早安」與「午安」早就在家裡都說過了。

我們是繼兄弟姊妹——也是一對情侶。

我走到伊理戶水斗身邊，一起往前走。

「大過年的就往外跑，世人真是活力充沛啊。」

水斗用圍巾稍稍遮起臭臉，看起來比平常稚氣了些。

「只不過是你太愛悶在家裡吧？」

「是世間都太有活動力了。」

「要是大家都像你一樣懶惰，人類豈不是很快就要滅亡了？」

「為了讓人類能安心發懶，但願ＡＩ還是機器人什麼的可以趕快來支援我們的文明。」

「真沒自尊心。」

我傻眼地說，朝著凍紅的手呼氣。

水斗側眼看見，說：

「怎麼沒戴手套？」

「嗯——……忘了。」

我騙他的。其實是耍點小心機。

我放下雙手，用手背輕輕去蹭水斗塞在口袋裡的手。

這是之前學過的，若有似無的訊號。

「…………」

「……………………」

隔了一小段空檔，水斗沒說什麼就從口袋裡抽出手。

然後，用揣在懷裡弄暖了的手，包住我凍得冰冷的手。

「……呵呵。」

只需要一點點微笑，當成反應就好。

我往水斗的肩膀靠過去一步，一邊感受手牽手的溫暖，一邊走向神社。

一月一日——我的今年，就這樣開始了。

伊理戶水斗◆新年參拜約會

當她說「就我們倆再去一次新年參拜吧」時，我猶豫了很久要不要去，但我們已經不只一次被那什麼命運整得團團轉，不如重新出發，就算是替今後的運勢卜個吉凶，先來看一下老天爺的臉色也不是件壞事。姑且不論這個被稱為天神的傢伙靠不靠得住，最起碼別繼續詛咒我們就好，心裡會這樣祈求是出於人性，無關乎信心。

目的地不是上次深夜結女與南同學她們去的知名神社，就只是附近一座沒啥名氣的神社罷了。在京都狗走路都會撞上神社的風土民情，只有在這種時候還算方便。

我以為下午再去人會比較少一點，結果大錯特錯。

「我的天啊……」

「好啦好啦，別垮著一張臉嘛。」

我一看到這種稱之為沙丁魚罐頭也不為過的人潮就嫌累，結女用力拉著我走。

「人這麼多就不用擔心被熟人看到啦。事情要往好方面想嘛。」

「妳什麼時候想法變得這麼樂觀的啊……」

「嗯——從今天開始吧。」

結女害羞地嘿嘿笑了兩聲。我總算懂了，她是興奮過度了。不是為了新年的特別氣氛，是這段新關係與新日常讓她興奮。

我恐怕也沒資格講她。否則我也不會一反平時作風，跟她一起來新年參拜。

以前還在交往的時候——噢，這個說法以後得修正了——國中時期，我們並沒有一起去過新年參拜。

大概是因為我與結女都不喜歡人擠人，寒假也沒什麼機會碰面，所以彼此都不太好意思開口吧。那時我要是有誠心誠意求神拜佛，或許也不會搞到要分手——

——啊，該死，養成壞習慣了。

回顧這些已經沒意義了。因為我們已不再是前男友或前女友，而是如假包換、正在穩定交往的一對情侶。

二禮，二拍手，一禮。

我們跟著人潮排隊投入賽錢，認真祈禱。

請保佑我們這次的關係，能夠長久——就這樣。

雖然也不是沒想過祈求伊佐奈的插畫家之路走得順遂，不過，如果我眼光準確，憑那傢伙的實力用不著求神拜佛。雖說有句話叫做盡人事聽天命，但真那麼不想被天命嫌棄的話，應該讓她自己來參拜才對。

我覺得所謂的緣分，實在要看運氣。

我就是被命運捉弄才會走到這一步，聽我的準沒錯。沒有一種遊戲比人與人的緣分更需要看運氣——所以，大概也只能求神保佑了。就對老天爺說，我會努力守住這段緣分的，所以還請老天爺多多幫忙吧。

雖然必須這麼低聲下氣的讓我很不服氣就是。

「欸，我們去抽籤好不好？」

參拜完之後，結女找我一起去排社務所的隊。我們在那裡抽籤，跟巫女小姐（大概是打工）交換寫有神諭的紙條。

拿著它離開社務所後，結女轉頭過來說了：

「剛才的巫女姊姊，很可愛耶。」

「是啦，還不賴。」

「明年我也來打工好了。」

我不由得想像起那副模樣。結女穿起紅白雙色的巫女服，把黑色長髮綁成一束——

「……很做作耶。」

「什麼意思啊！」

「就是說妳適合過頭了。」

結女鼓起腮幫子，說：

「……直說不就好了。」

「只是覺得坦率稱讚黑色長髮搭配巫女服的打扮似乎太不用大腦了，有點難以啟齒。」

「宅男毛病真多！」

以她這長相與髮型穿起巫女服當然一定好看，但是太缺乏意外性，總覺得論創意遜了一截。可能是協助伊佐奈進行創作活動養成的毛病吧……雖說我也不是不想看巫女服就是。

「別說這些了，快來看神籤吧。」

「話題是妳提起的耶。」

我們一起各自打開神籤。

我是小吉，結女是末吉。

「……還可以吧。」

「……還可以。」

看來即使個人生活出現了重大轉機，老天爺也不會特別體諒你。

「啊，對了，妳知道嗎？聽說神籤最重要的部分是這裡，這首寫在上半部的短歌。」

「咦？是這樣喔？」

幾乎所有人都把注意力放在戀愛、經商或學業等項目，可能根本從來沒注意到，其實神籤的一角寫有短歌。短歌有幾十種版本，內容是神明給予的啟示——這我是從網路上看到的。

「……也就是未經查證的資訊了？」

「可以這麼說，但是仔細想想還真沒注意過。」

「的確……」

既然都想起來了，就來認真看一下吧。

我的神籤上寫的是——

春風送暖化湖冰，良辰美景水映花

「……冰層終於融化啦？」

結女湊過來看我的籤詩，好像逮到我的小辮子似的笑了起來。

「欸，這花說的是誰啊？它說倒映在化冰的湖面上耶？」

「……少在那臭美。」

結女輕聲笑著，心情好得很。真是夠了，明明就只是籤詩隨便寫寫，卻害我莫名其妙跟

著一起害臊。

「妳的也給我看！」

我把她的手腕一把拉過來，探頭看看籤詩。

結女的神籤上寫著——

海不揚波突起風，白浪滔天小舟危

「……好像有點危險耶。」

平靜的海面忽然颳起風浪，小舟有危險了——應該是這樣解釋吧，如果這是在暗示今年的運勢，那還真不吉利。原來末吉的排序比想像中還後面。

結女迅速別開目光不看神籤，說：

「不、不就是籤詩嘛？竟然會去擔心這種迷信的東西，真是孩子氣。」

「臉上帶著不安講這種話沒說服力啦。」

我笑了笑，輕拍了一下結女的肩膀。

「別擔心，我也在妳的小舟上。」

結女吃了一驚睜大眼睛，注視著我的臉。

「……你是不是說了句耍帥的話？」

「咦？」

「你耍帥了？因為開始交往了所以就耍帥了？心情太興奮就開始油嘴滑舌了？」

「～～～～！又不會怎樣，就偶爾講一下啊！」

結女愉快地咯咯笑著。一逮到機會就這樣！真是白安慰她了！

……不過，國中時期還真沒有過這種對話。

我們以前交往過，然後分手了。但是在那段時期，我們並沒有體驗過所有事。

還有很多新的經驗，等著我們。

只要想到這點，就覺得多少拌拌嘴也沒什麼不好。

就在我們倆一起把神籤綁在樹枝上，開始討論是不是該回家了，還是說要繞去哪裡走走的時候……

「咦？那不是小結子嗎？」

聽到聲音轉頭一看，一位眼熟的高個子學長，與一位髮型稚氣的學姊正看著我們。

伊理戶水斗◆大過年看人放閃

「小結子也來新年參拜～？」

穿著毛邊大衣、綁披肩雙馬尾的女生——亞霜學姊一邊揮手，一邊拉著身旁的高個子男生——星邊學長往我們這邊走來。

星邊學長瞥一眼我的臉，「嗨。」簡短打了聲招呼。我點頭作為回應。

「啊……亞霜學姊……」

結女不露痕跡地，與我拉開了一步距離。

「學姊也是來新年參拜的嗎？好巧喔。」

「我們學校的學生，常常會來這間神社喔～我本來是想一大早就過來看元旦日出的說～都怪學長說他起不來～」

「元旦的神社又冷人又多，活受罪嘛。」

聽到星邊學長粗魯地批評，我在心中表示同意。

亞霜學姊咧嘴賊笑，抬頭看著星邊學長比她高出二十公分的臉，說：

「就愛嘴硬，大過年的就能看到可愛的女朋友，很開心吧？」

「啊——是啦是啦，如果大半夜奪命連環叩的女人能叫做『可愛』的話。」

「好過分！虧我還想請神明保佑學長的說！」

「抱歉，我推甄已經確定了。」

「那我來拜神是為了什麼啊～！」

看來自從那趟旅行之後，兩人關係發展得很好。雖然看起來跟開始交往前好像也沒差多少。

「啊，對不起喔。」

大概是總算想到我們了，亞霜學姊看看我們，「嗯？」不解地想了想。

「小結子妳……跟弟弟兩個人來新年參拜？」

「啊——算是吧……」

結女含糊地回答，不露聲色地別開目光。亞霜學姊眉頭皺得更緊，暗藏好奇心的目光在我們之間打轉。

「……該不會……」

這時，結女猛地抓住了我的手臂。

「我們還得回去做家事，先走了！」

說完她就拉著我，快步逃往鳥居的方向。

等穿過鳥居、學長姊的身影完全隱沒於人群之中了，我轉頭過來說：

「那樣好嗎？」

結女之前似乎常常找那位學姊傾訴煩惱，跟她吐實應該不會怎樣……

「……再一下下。」

結女嘟噥了一聲，悄悄伸手挽住我的手肘。

「我想……再獨占你一下下。」

然後，用一種央求的眼神注視我。

「好不好？」

我一不小心，竟看著她那臉龐看得出神。

就在這一刻，答案等於已經確定了。

「……沒什麼不好的啊。」

「嘿嘿，謝謝。」

結女露出融化般的柔和笑容，我不好意思再看下去，別開了目光。走路本來就應該要看路。

……獨占我，是吧？

我一邊玩味這句話，一邊在腦中一隅思考。

話是這麼說，但我已經跟一個人說過了耶。

伊理戶水斗◆女性朋友的界線

次日，一月二日。

在我的房間裡，東頭伊佐奈把點心禮盒放在面前下跪磕頭。

「…………」

「…………」

我與結女目睹這種場面，都覺得很錯愕——應該說被她嚇到。

伊佐奈對結女低頭如此哀求：

「懇請結女同學，今後繼續准許我與水斗同學見面……！」

昨天一過半夜十二點，我就告訴她我已經開始跟結女交往。

接著昨天傍晚，那幅插畫傑作上傳到社群網站。

然後現在她帶著點心禮盒來拜訪伊理戶家，跟人磕頭。

兩天之間的溫差害我快得感冒。

「……呃……」

結女花了一點時間，用來理解狀況並斟酌用詞。

「東頭同學……怎麼突然說這個？還是妳先把頭抬起來好了？」

「既然水斗同學已經開始跟結女同學交往，我畢竟也是個女人，覺得不能未經許可就繼續跟水斗同學見面……！」

「好，我懂了。把頭抬起來好嗎？」

我一邊坐在椅子上旁觀這場奇妙的會面一邊說：

「真是意外，伊佐奈。還以為妳會說：『我們只是普通朋友，有什麼關係？』」

「半年前的我，大概會這麼說吧。」

伊佐奈繼續用額頭貼著地板說了。把頭抬起來啦。

「可是，現在的我已經知道了。對我來說，水斗同學不是普通朋友，是喜歡到一有機會就想吃掉的朋友！」

……是、是喔。

我與結女表情都變得很尷尬。

「像我這種女人跟妳的男朋友在妳不知道的情況下見面，想也知道結女同學心情不會平靜！這點道理我現在已經學到了！」

剛跟伊佐奈認識時，她是那種只要沒做虧心事就認為自己沒錯，滿口歪理的傢伙。

結果現在卻變得會顧慮別人的心情……稱其為成長一定不為過。

只是不會因此就想到那以後不要見面了，這點很符合伊佐奈的個性。

「……我明白了，東頭同學。」

「咦！妳答應了嗎！」

伊佐奈這才終於抬起頭來，但結女用掌心對著她叫她先暫停。

「我是說我明白妳的意思了。反正我也覺得應該找妳談這件事……而且東頭同學這麼為我著想，又表現得很有誠意，讓我很高興。」

「哪、哪裡哪裡……既然要借用別人的男朋友，這麼做是應該的啦……」

「所以呢？」

結女嫣然微笑。

「妳所說的『見面』是到哪個程度？」

她那難以形容的魄力，伊佐奈不用說，連我都被震懾得不敢開口。

「是說在學校見面？在外頭見面？在我家見面？還是說……東頭同學的意思是，在妳家裡？這些可是都不能相提並論的喔。」

哇喔……嘴上講得好像很明理，呈現的氛圍卻完全是個束縛型女友……

面對結女渾身漲滿刺人氣場準備譴責小三，伊佐奈像隻被獅子瞪視的松鼠開始渾身發抖。

人的天性沒那麼容易改變。看來無論經過多少時間、對方是再要好的朋友，或是事前已經開誠布公好好談過，不喜歡的事情就是不喜歡。

我看把這件事情只交給伊佐奈負責的話負擔有點太重，於是開口說：

「無論結論是什麼，我都打算以後少去伊佐奈的家。」

兩人的視線朝向我。我在桌上立起手肘托著臉頰說：

「插畫的事情上網討論就夠了，其實不是非得碰面不可——等寒假結束後，伊佐奈的生活習慣應該也會有所改善吧。」

「咦……」

伊佐奈露出忽然被拋棄的小孩般表情。

「那、那麼，寒假期間呢……？」

「妳自己照顧自己吧。」

「什麼——！」

伊佐奈整個人跳起來大驚失色，然後像是洩氣的皮球般蹲坐到地上。

「我、我不行啦……我不會煮飯……我不會洗澡……我不知道替換衣物放在哪裡……」

「「…………………」」

我與結女之間，飄過一陣傻眼的沉默。

看來因為她媽媽凪虎阿姨採取放任主義，我就有點寵她寵過頭了。她現在變得比之前還廢。

「那這樣不是剛好嗎？趁這次寒假給我鍛鍊一下生活能力。電話的話隨時打給我沒關係。」

「那、那你能不能偶爾來看看我……？跟結女同學一起來沒關係……」

「那樣只是多一個人照顧妳而已吧。」

「拜託嘛～！我一根手指都不會碰你的～！我已經離不開那種飯菜自動端上桌的生活了啦～！」

真悲哀……想不到才一個月，就能讓一個人沉淪得如此之深。

「嗯——」結女為難地偏著頭，說：

「一根手指都不會碰，是吧……」

她用某種責難似的目光，瞄了我的臉一眼。

「東頭同學或許做得到，但水斗就難說了……」

「喂，這麼快就想鬧分手啊？」

難道不怕我交往第一天就講出那句話？帶領情侶步向分手結局的一句話——「妳信不過我嗎？」

「……所以，你忍得住？」

結女一邊賞我白眼，一邊抓住了伊佐奈的手臂。

「你能保證，你不會用下流的眼神看這種身材？確定？這種身材耶！」

「哇！等……結女同學……？」

結女從伊佐奈的背後伸手環住她的胴體，從下方把胸部托高強調雙峰的豐滿。

乳房的重量感如實傳達給我，是很煽情沒錯，但我總覺得結女才是被挑逗情慾的那一個。結女之所以無法完全信任我，不就是因為結女自己覺得伊佐奈的肉體很有魅力嗎？

無論如何，以前的訓練沒白做，我已經能控制自己的情慾了。我滿懷自信，準備回答

「我保證」——

「那就證明給妳看吧！」

伊佐奈維持著被結女從背後緊緊抱住的姿勢，突如其來地說了。

「就由我來！證明水斗同學絕不會被結女同學以外的女生迷惑！」

……事情越弄越複雜了。

伊理戶水斗◆出軌測試

我們決定先維持常態看看。

伊佐奈把平板電腦放到我的書桌上畫畫，我看看書、檢查伊佐奈的社群帳號，或是幫忙收集資料。

而這所有的動作，都有結女從房間角落像看守一樣監視著。

所以只要我用任何一點下流的視線朝向伊佐奈，她就會一一過來指正——雖然是正月的頭三天，天底下閒人還真多。

真是，她以為我跟伊佐奈在同一個房間相處過多久了？怎麼可能現在才來把這傢伙當成女生？那種時期早就過去了。

我一邊這麼想，一邊把找到的資料拿去給伊佐奈看。

「妳看，這個——」

「出局。」

咦？我轉過頭去。

結女眼神嚴厲地瞪著我。

「這個出局了。」

「什、什麼？我就只是靠近她背後而已啊，手都沒搭在她肩膀上耶？」

「你從肩膀後面探頭看了東頭同學的胸口。」

「嗚欸？」

伊佐奈睜圓了眼睛，立刻伸手遮住胸口。

沒錯，伊佐奈穿著衣領鬆垮的寬鬆家居服，從後方是有辦法探頭偷看她的胸口——但我剛才在看的，絕不是什麼伊佐奈的乳溝。

「我看的是平板電腦好嗎！只是想看看她的進度——」

「才怪——剛才那個位置絕對是胸部。視線都鑽進乳溝裡了。」

根本是妳有成見吧！

還來不及吐槽，結女已經氣勢洶洶地走了過來，抓住了伊佐奈的帽T。

「東頭同學也是，把胸口藏好！像這樣！」

她滋的一聲把拉鍊往上拉，將隆起的胸部塞進帽T裡。伊佐奈發出「嗯唔唔——！」的呻吟，說：

「太緊了啦……這樣我不能專心……」

「那最起碼不要穿這種鬆垮垮的T恤好嗎？東頭同學，妳也有不對喔。每次都穿得這麼不設防！這種的擺在眼前，就算不是水斗也會看啦！」

沒想到這麼嚴格，連我們當事人沒有那個意思都算出局。

雖然我明白問題在於結女能不能容忍我們的關係，因此就算多少有點不講理也得接受，但是……

結女把伊佐奈的帽T前面拉鍊拉好後，暫且回到牆邊去。

我與伊佐奈交換眼神，竊竊私語。

「（這都要怪水斗同學不好，因為你沒有讓結女同學安心……）」

「（就昨今兩天我能做什麼啊？）」

「（如果你能充分滿足結女同學的需求，她應該就不會把我這個小角色給放在眼裡了。）」

「（……滿足什麼？）」

「（那當然是……唔呼呼。）」

這個腦內發春女真是。

總之不管怎樣，那都是以後的問題——現在先解決眼前難題要緊。

降低了伊佐奈的暴露程度，測試過程以這個狀態繼續進行。

「水斗同學，我先把草圖畫起來了，可以幫我看看嗎～？」

「嗯？好啊。」

伊佐奈拿著平板電腦從椅子上站起來，來到坐在床上的我面前。然後在我身旁坐下，把平板電腦像架橋一樣放在我們倆的大腿上……

「出局。」

「「咦？」」

看守的一聲宣告，使我們同時抬起了頭來。

「貼太近了！檢查草圖沒必要肩膀靠肩膀吧！」

「不、不是，可是……不湊在一起看，總是比較不方便分享內容……」

「多得是其他方法吧！你們這是情侶的距離感！」

「唔嗚嗚……」伊佐奈語塞了。

「（怎麼辦啊，水斗同學……結女同學的出軌界線比想像中還嚴格……）」

「（事情是妳提起的耶。）」

「（萬萬沒想到平常不經意的一點動作，全都會被判定成誘惑……）」

妳總算發現啦？整整花了半年之久。

我是很想這麼說，但看來我的感覺也麻痺得挺嚴重的。

「（反過來說，假如把我平常做的事情畫出來，是不是就能畫出可愛情侶耍甜蜜的圖畫呢？）」

「（我讚賞妳能立刻把實際經驗轉化為創作的思維，但請妳現在先關心我的身心安寧問題。）」

我不是不能理解結女的心情，要是立場顛倒過來我八成也會生氣。也是因為能理解，我才會想到以後少去伊佐奈的家比較好。

可是，就算是這樣，我還是必須請她稍微包容我們某種程度上的接觸，否則會影響到今後伊佐奈的創作活動。我很想將結女當成戀人好好珍惜，但對伊佐奈的創作活動也是同樣重視。我無法容忍自己為了其中一方而忽略另一方。

我一面回想起有位男士由於無法兩全其美而導致家庭失和，一面提出折衷方案。

「伊佐奈，要分享的檔案就放到雲端吧。我用我自己的手機檢查。」

「好吧……雖然很麻煩，但也沒辦法了。」

就當作我們是線上聯絡吧。這樣的話，就算待在同一個房間裡，也不會發生不適當的肢體接觸。

伊理戶結女◆贏了比賽……

我坐在牆邊不動，盯著安靜做事的水斗與東頭同學。

我其實也不想妨礙他們倆。我知道東頭同學說想跟水斗見面並不是別有用心，也會擔心自己像個小姑一樣這麼愛挑毛病，也許哪一天水斗就不再喜歡我了。

可是，我就是無法阻止自己。

讀國中時，我已經體會過了。我的個性就是個大醋罈子，只要水斗跟其他女生有說有笑，我就會變得心情煩躁易怒。以前我總是告訴自己我跟他已經分手，已經沒在交往了，用這種理由讓自己接受；但現在一旦正式復合就麻煩了，得到正當理由的我會變得膚淺透頂。

大概是我缺乏自信，才會這樣吧。

假如我對自己——對自己的魅力有自信，就算男朋友跟其他女生多少要好一點，我應該也能放寬心大度包容才對。這才叫大老婆的從容氣度。雖然聽說「妳根本就不信任我」是偷吃男最愛用的擋箭牌，不過以目前狀況來說，我不信任的是我自己。

我的依賴心，希望由他來讓我安心。

但我的理智，又說我必須懂得包容。

兩種心態，複雜地交錯。

想必只要我開口拜託，水斗就會讓我盡情撒嬌吧。可是那樣，就會重蹈國中時期的覆轍……如果我比起當年已經有所成長，就不應該老是依賴水斗。我必須相信自己，相信男朋友，表現得更落落大方才行。

……我該怎麼做？

要怎麼做，才能克服這種不愉快的心情……

我目不轉睛，注視著駝背面對平板電腦的朋友。

昨天傍晚投稿的那幅插畫，我也看了。

東頭同學是否——真的——就像那幅畫一樣，坦然接受了現況？

我實在不覺得如果她懷著像我這種如烏黑泥濘般的感情，能畫得出那幅畫。可是，我沒有置身過她的那種立場，總覺得有點難置信。

……我起了念頭，想試探一下。

雖然真的只有那種很討厭的女人，才會做這種事……但我想讓自己安心。

想確定不是只有我，會產生這種心情。

我站起來，靜靜地走過房間，來到坐在床上的水斗身旁，悄悄地坐下。

水斗這時候，眼睛正盯著文庫本。

我目不轉睛，注視著他那線條纖細的側臉。

沒有像東頭同學靠得那麼近，不至於妨礙到他看書，只是靜靜地依偎在他身邊。

我一邊這麼做，一邊不動聲色地——偷看東頭同學的反應。

有好一段時間，東頭同學的臉都對著平板電腦。

不久，也許是專注力中斷了，她無意間抬起頭來的瞬間，注意到我現在的位置。

她會一臉苦澀，還是視若無睹？或者是——

東頭同學她……

動作很輕地，微微偏了一下頭。

然後視線朝向上方，好像在沉思些什麼之後，又開始忙著在平板電腦上畫一些東西。

……嗯嗯？這是什麼反應？

看到這種超乎我所有想像的反應，我覺得很奇怪，於是靜靜站起來，繞到東頭同學的背後。

我越過肩膀探頭看她的手邊——只見平板電腦上的畫布，畫出了女生的各種不同表情，就只有好幾種表情一副副畫在上面。

「……那個，東頭同學？我可以問妳現在在做什麼嗎？」

由於實在是太難解了，我怯怯地問道，東頭同學邊畫邊說：

「我在摸索能夠精準表現目前這種心情的表情。」

她如此回答。

「我就算看鏡子也還是看不太懂。我的表情變化好像比較不明顯。」

「目前的心情，是指？」

「他們感情好好喔～好羨慕喔～換成我她就會生氣，好奸詐喔～可是誰教結女同學是他的女朋友呢～那就沒辦法嘍——就是這樣的心情。」

東頭同學說話的同時繼續動筆，畫出一副表情後「哦！」叫了一聲。

「這個還不錯。」

是內心酸楚地瞇起眼睛，但嘴角透出認命微笑的表情。

從這張臉一眼就能看出，女生心裡些微的不甘心，以及對喜歡的人的一片真心——

東頭同學現在想露出的，就是這種神情。

「……妳好厲害喔。」

我忽然感到滿心歉疚，但又覺得道歉好像太高高在上，結果只能吐露出最誠摯的心聲。

「好羨慕妳能用這種方式，表達心裡的感受。」

因為我豈止不會畫畫，連把內心感受化為言語都不會。

因為我連自己的心情，都無法正確掌握……

東頭同學回過頭來，露出不解的愣怔表情。

「怎麼覺得好像結女同學才是失戀的那一個？」

「咦？」

「妳現在是這種表情喔。」

東頭同學用畫筆指出剛才那副酸楚微笑的表情。

接著東頭同學刪掉畫了各式表情的畫布，回去繼續畫線稿。

「結女同學，妳不用對我感到內疚沒關係的。不用想太多，只要盡情讓自己過得幸福就好。能夠跟喜歡的人交往，可是很值得珍惜的唷。」

「可是……」

「昨天，我感覺自己度過難關，有所成長了。」

她順暢地繼續動筆，說：

「我感覺得到自己的感受性變成了海綿。感覺得到我所做的事與心裡的想法，全都在自己的內部一點一點累積起來，化為一股力量。以前不管水斗同學怎麼跟我說我都半信半疑，但就在那個瞬間——當我得知水斗同學與結女同學開始交往了的時候——雖然沒有根據，但我出於本能理解了一件事。」

東頭同學堅定不移地說道。

「那就是——我有天分。」

她的背影，散發出一種難以形容的氣場。

「說來真不可思議，對自己的天分有沒有信心，看世界的方式會完全不同。對現在的我來說，這世上的一切都是繪畫材料。看見的事物、觸到的事物、自己的心情與他人的心情，我能夠一律平等毫無區隔地吸收到『作畫的我』的內部。

……所以，妳真的不用跟我客氣啦。雖然東頭伊佐奈失戀了，但同時結女同學的幸福心情，也會在我的內部日漸積累的。」

東頭同學再次回過頭來，露出發自內心的微笑。

「恭喜妳，結女同學。抱歉我先把它畫成圖畫了。」

……唉，真是。

「實在贏不過妳。」

說完這句話，我笑了。

我贏了比賽，卻輸了內涵。

雖然是我成為了水斗的女朋友，但我看我是永遠比不過東頭同學了。

既然這樣——再怎麼生氣挑毛病，大概也沒用吧。

因為以內涵來說，我已經輸給東頭同學了，所以有一些時間當然必須花在東頭同學的身上……即使如此，水斗終究是選擇了我。我必須珍惜、重視這項事實才行。

雖然不得不承認，我這種想法未免太卑微又悲觀。

但只要不忘記此時此刻心中對東頭同學的敬意，我想我應該能接受這樣的自己，克服這一關。

伊理戶水斗◆她和女性朋友太要好也很棘手

結女的監視壓力減緩了不少，於是我下到一樓順便喘口氣。

在我們復合的時候，結女與伊佐奈的關係曾經是一個懸而未解的問題，但我從來不覺得需要過度擔心。國中時期的經驗果然有發揮功效，我一直相信現在的結女能夠有智慧地包容我們的關係。

話雖如此，我也不能只讓結女一個人承受負擔。雖說她變得比以前理智許多，但個性或感受性並沒有那麼容易改變，我處事得細心點，免得她過度操心。

我一邊考慮一邊回到房間，發現——

「嗯？」

不見了。

結女與伊佐奈，都不在房間裡。

伊佐奈的平板電腦還放在書桌上。客廳有爸爸他們在，所以也許是去結女的房間了？

我歪著頭，正要走向床邊——

咚！有人用力推了我背後一把。

「嗚喔！」

我一邊往床上撲倒，一邊轉身往後看。

結女與伊佐奈她們倆，就在我背後。

這兩個傢伙壞心眼地賊笑，兩個人一起把我壓在床上。

不——或許該說成推倒，比較正確。

兩人把她們自己的身體壓向我，藉此封住我的雙臂。當然，胸部或腹部等柔軟部位也包括在內，這要是沒帶有性暗示的話，我得叫她們去重修性教育才行。

「妳……妳們，做什麼……！」

結女對著我的右耳呢喃。

「（我已經知道你不會屈服於東頭同學了，可是……）」

伊佐奈對著我的左耳吹氣。

「（假如是兩個人一起就難說了吧？）」

立體音效般的一連串哧哧竊笑，搖動著我的腦髓。

這、這兩個傢伙……！把我當玩具是吧！才剛達成和解，居然這麼快就給我狼狽為奸！不知道她們趁我不在時聊了什麼，聊得這麼開心，但這玩笑開過頭了。看一對一鬥不過我，就兩人聯合起來捉弄我。竟敢把我給看扁了。妳們當我會去抱持那種膚淺的後宮願望嗎？

「（豔福不淺嘛？左右逢源呢。）」

「（聽說女生聞起來香香的是真的嗎？接受一下採訪嘛，水斗同學。）」

啊啊啊啊啊不要再跟我耳語了啦！

結女纖瘦的身體，與伊佐奈肉感的身體，兩種不同的「女體」準備從兩側吞沒我。我不知道放在兩人大腿附近的雙手該往哪裡擺，只能握緊床上的棉被。

但這樣並不能抵禦包覆整條手臂的柔軟觸感與什麼女孩子的體香，脈搏無可抗拒地不停加快。恐怕我是別想逃離被兩個女生玩弄的未來了。

……既然這樣——

「——別太得意忘形了。」

「呀！」「哇！」

我用上這幾個月來接受川波指導多少養出的一點肌肉，一邊把兩人的身體擁向自己，一邊強行把整個身體翻過來。

形狀跟我一樣的影子，覆蓋住結女與伊佐奈的身體。兩人驚訝地互相依偎、抬頭看我的臉，我加重冷酷的語氣告訴兩人：

「妳們想來這套，那我也不客氣了。」

然後，我模仿這兩個傢伙剛才的行為，嘴唇湊向兩人的臉孔之間，對她們耳語：

「（我就一次——吃掉妳們兩個。）」

「「～～～～！」」

我清楚看見兩人興奮到叫不出來快昏倒，連耳朵都紅了。

把縮起肩膀、搖身一變從饕客變成大餐的兩人丟在床上，我迅速起身離開。

然後轉身背對著床，在腦中如此大叫：

——我贏了！

伊理戶結女◆這次不用有所顧慮

東頭同學回家之後，到了晚上。

我洗完澡出來，把頭髮吹乾，穿著睡衣爬上二樓。

結果不知為何，水斗站在走廊上。

我一面覺得有點奇怪，一面說：「我先去休息了。」伸手去握自己房間的門把。

忽然間，他從背後抱住了我。

……咦？

水斗輕輕加重力道，手臂環繞在我的腰上。對於這來得太過突然的背後擁抱，我先感到的是困惑而非喜悅。

「怎……怎麼了？」

我轉動脖子回頭問道，水斗害臊地別開了目光。

「……不是說好了，我碰到伊佐奈，就要補償妳嗎？」

對——是有說過。

記得在開始交往前的兄弟姊妹會議，有提過這件事。

在我監視的期間，水斗的確碰到過東頭同學幾次。但那都只是碰到肩膀之類，碰觸程度最大的是演後宮鬧著玩的那次，那時我也有一起抱住他。

那點小事應該不需要放在心上，但他還是——大概是想對我，表現誠意吧。

……這個男生真是的。

真是個……擅長讓女生萬劫不復的天才。

「我覺得男生以為用抱抱就能輕鬆討好女生，不是很可取喔。」

我想稍微耍壞一下，於是冷言冷語地這麼說，水斗小聲地「嗚唔」呻吟了一聲。

「……那妳要我怎麼做？」

我在水斗的臂彎裡扭轉身子，自己很快地揚起了下巴。

「嗯！」

我催促般地說，閉起眼瞼。

然後就聽到一道小聲的嘆息，柔軟的觸感碰到了嘴唇。

睜開眼瞼，水斗的傻眼神情近在眼前。

「這跟抱抱沒差多少吧？」

「那你就再努力想想吧，如何才能逗我開心。」

「麻煩死了……」

我輕聲笑了起來，水斗也發出吃吃竊笑聲。我們額頭貼額頭，就這樣停頓了一段時間。

「——水斗～？你要先洗嗎——？」

媽媽的聲音從一樓傳來的瞬間，我們霍地放開對方。

「好的——！」

水斗回答樓下的聲音，走下了階梯。

我目送他的背影離去，這才終於進了自己的房間。

——啊，整個人輕飄飄的。

胸口裡——不對，全身上下每個角落，都充滿了飄飄然的心情。這感覺比國中時期更強烈，無所忌憚，毫不客氣——

「……呵呵。」

我展唇微笑，倒到床上。

原來根本不用客氣，也不用害怕。也許我會因為獨占欲過強而惹得水斗不高興，但這次我們一定可以理性溝通。所以——

「呵呵，呵呵呵，呵呵呵呵……」

我在床上弓著背，獨自竊喜偷笑了好久好久。

伊理戶水斗◆祕密遊戲

以新春來說過於刺骨、乾燥的風吹遍一月的上學路線。我們互相依偎著替彼此擋風，走到沒什麼特別東西的半路上，不約而同地停下腳步。

「……就到這裡吧。」

「……也好。」

到了這附近，準備上學的洛樓學生會漸漸多起來。

我們的繼兄弟姊妹關係是眾所皆知之事，但同時大家也知道我們的感情沒好到會早上依偎著一起上學。

我的話甚至還被擅自認為正在跟伊佐奈交往，結女則是學生會成員，被當成我的出軌對象恐怕會重創她的形象——雖然剛入學時，結女自己引發過一段戀弟傳聞，但那種謠言老早就被淡忘了。

所以，到頭來……

就跟國中時期一樣，我們必須在學校還在視野範圍外的時候，就各走各的自己去學校。

不過，只有一件事——跟國中時期有著明顯不同。

「那就……」

結女隔著手套握握我的手，說了。

「回家再說吧。」

「……好，回家再說。」

我們互相這麼說，微微一笑後，結女就腳步輕盈地先往學校走去。

我留在原處，一邊目送女朋友的背影，一邊享受久違的心癢感覺。

只要回到家中，立刻又能相處了。

這是唯一，也是最大的不同之處。

「嗨。耶誕節之後就沒碰面了喔，伊理戶。」

第三學期的開學典禮前，川波小暮在教室跟我打招呼，我略微皺眉。

「那時候謝了。但是別強調什麼耶誕節的，好嗎。」

「幹嘛啊，單身男子互相依靠度過耶誕節很常見好不好？」

……單身男子，是吧？

先不論當時的我怎樣，那時的這傢伙怎麼看都不像是單身。

我在自己的桌上立起手肘托著臉頰，望向黑板前的結女，以及她的朋友。

「結女——！我好想妳喔——！」

「怎麼會，新年才見過面不是嗎……」

「小月月，妳每次放完長假都要演這齣喔～？」

「真是隻小兔子呢。」

讓抱住結女的那個什麼小兔子理所當然似的賴在家裡，這男的真的能叫做單身嗎？小心被真正的單身貴族殺掉。

「所以咧？」

「問題解決了沒？」

川波咧起嘴角，露出俗不可耐的笑臉。

「……還好啦。」

「幹嘛這麼冷淡啦～就不能跟我報告得詳細點嗎？我對你有一宿一飯之恩耶。」

「我沒興趣把個人隱私分割零售。」

看來他們都沒發現。

川波也是，南同學也是，都沒發現我與結女的關係起了變化。

——欸，妳覺得呢？

我想起在正月的頭三天，與結女做過的討論。

——川波跟南同學那邊……

——你是說該不該報告？

——是啊。畢竟人家有幫忙。

——嗯……但我覺得他們兩個，也許自己就會發現了。

——的確……畢竟一個是自稱戀愛ＲＯＭ專……

——一個是自稱戀愛大師嘛。

我沒聽過南同學這樣叫自己，大概是結女常常找她傾訴，引出了這種自稱吧。

——……那就……

結女噗哧一笑，露出淘氣的笑臉。

——要不要試試看？看看他們倆是不是真的會發現。

「跟你說。」

聽到有人叫我，意識從回想浮上表面。

「開學典禮結束後，我還有學生會。」

結女站在眼前，俯看著坐在椅子上的我。她本人是一副輕描淡寫的表情，然而我心中卻稍微冒了點冷汗。

這段對話，是以一起回家為前提。如果只是川波或南同學還好，萬一連班上其他傢伙都聽出來就非常嚴重了。結女不可能不懂這個道理，卻敢在教室的正中央做出這麼大膽的行徑……！

「嗯，喔……」

心中的輕微焦慮，使我的回答變得愛理不理。雖然反應以男朋友來說不及格，但以家人來說反而成了逼真的回話。

「結女——！下次什麼時候有假——？」

也許多虧我回得好，從背後掛在結女脖子上的南同學看起來，似乎並未聽出端倪。

一旁的川波也說：

「假到今天才剛放完耶，妳這尼特女到底是多想放假啦。」

「才～不～是～！我是在問什麼時候可以跟結女出去玩！」

「放假就讓人家好好休息啦，學生會不是很忙嗎？」

「不要緊的，最近沒那麼忙。」

結女說出學生會沒事的日子，南同學立刻興奮熱情地開始安排玩樂計畫。

講著講著，開學典禮的時刻就快到了。學生們三五成群走出教室，開始往體育館移動。

川波與南同學似乎什麼也沒發現，跟其他朋友邊走邊聊天。

「……呵呵。」

若無其事地走在身旁的結女，輕輕地笑了出來。

「……呵。」

我也無法克制自己的嘴唇上揚。

他們沒發現。渾然不覺。

「………………」

「………………」

我們一言不發地交換眼神，不為人知地分享了小小的笑點。

紅鈴理◆被拋下的學生會長

面對許久沒在學生會室碰面的成員們，小生以會長的身分落落大方地致詞。

「各位，新年快樂。剛進入新的一年，本學期已經有年度預算會議這件大事等著各位。

請各位新年放完假別忘了收心，上緊發條致力於該做的工作。」

聽到成員們精神飽滿地回應，小生點點頭，坐到會長座位上。這個座位也漸漸坐習慣了。很多人可能會說不過就是學生會，但怎麼說仍然是肩負數百名學生校園生活的職位。小生也不可被寒假的放假心情影響，得重新提振起精神才行。

今天還只是開學典禮，簡單打過招呼就可以散會了。代替學生會活動，小生約大家一起去吃午飯，所有成員聽了都說要去。

「那，我先去洗手間～」

愛沙說著走出學生會室後，

「啊……那我也去。」

結女同學說完，也跟著一起去。

看到蘭同學留下，小生試著問她新年過得如何。蘭同學神色如常地說：

「我都在念書。第三學期我一定要贏過伊理戶同學。」

她如此回答。小生擔心她會像之前那樣硬撐，不過就她的臉色看起來，似乎有遵守結女同學那次的叮嚀，每天睡眠充足。這下子結女同學也不能馬虎大意了。

收拾好書包後，小生也想先去個洗手間，於是走出學生會室。

走到最近的女廁時，裡面傳出耳熟的聲音。

「——幹嘛啦～？跟我說嘛～！」

「不好意思，他比較怕羞，所以目前還……」

是愛沙與結女同學。難怪她們怎麼這麼久沒回來，原來是在洗手間聊起來了。

小生安安靜靜地走進洗手間，站在洗臉台前的兩人好像嚇了一跳，倏地轉頭看過來。

一看到是小生，愛沙一副虛驚一場的表情。

「什麼嘛，原來是鈴理理啊。」

「什麼叫做『什麼嘛』？妳們在講悄悄話嗎？太見外了吧。」

從兩人的反應，很容易就能看出她們在講小祕密。建議她們最好再練練如何裝撲克臉。

結女同學尷尬萬狀地別開目光，說：

「呃，也沒什麼……就是請亞霜學姊提供一點意見……」

「我說小結子啊，就告訴鈴理理應該也不會怎樣吧？」

「沒、沒鄭重到需要特地向會長報告吧……」

「鈴理理也有提供過意見呀，記得是體育祭那次？」

體育祭那次？然後，她們說提供意見……所以是午餐那次吧。

……是這麼回事啊。

小生猜出八成了。看來是有所進展了吧。

小生知道結女同學時常找愛沙商量跟他的問題，沒想到還特地報告結果，真是守規矩。

不像愛沙只會用盡各種手段暗示她與星邊學長的關係，卻就是不肯主動招認。

「如果是小生想像的那件事，那真是令人好奇。但不強求就是了。」

「……那就，恕我冒昧……」

結女同學臉頰羞答答地泛紅，準備開口。

是去約會了嗎？還是被他講了動聽的話？耶誕派對的時候她看起來有點消沉，如果是好消息，無論是多小的事情都令人欣喜——

「——……我交到……男朋友了……」

小生當場結凍了。

「…………咦？」

交到？

男朋友了？

意思是說，妳跟他開始交往了？

「呃……妳說的……該不會就是，之前說的那個男生？」

結女同學扭扭捏捏地好像難以啟齒，說：

「……大概，就如同會長的想像……」

「咦！鈴理理，妳知道對方是誰嗎！跟我說嘛～！她都不肯告訴我耶！」

對，這當然不能隨便到處亂講了。

怎麼敢告訴大家，她開始跟伊理戶水斗——自己的繼兄弟交往了？

這種大新聞，不知道會引來何種流言蜚語。小生是聽過阿丈的推測才會知道的，但這種事情能不說就還是別說為妙。況且愛沙乍看之下，會給人口風不緊的印象（儘管因為她沒幾個朋友所以並不會）。

這樣啊，結女同學跟他……跟那個難伺候的男生……本來還以為會需要一點時間……

「……恭喜妳。小生發自內心祝福你們。」

結女同學說：「謝謝會長。」露出了小小的微笑。

剛才那句話，是小生的真心實意。沒有半點虛假。

但是……但是……！

「真是太好了呢，小結子！這下我們就是女友同盟了！」

「謝謝學姊……！今後我有問題再找妳商量！」

看著兩個有男朋友的女生手拉手洋溢青春活力一同歡笑，小生獨自悄悄心想：

——糟了，小生被拋下了……！

紅鈴理◆生日的殘兵敗將

上次一月五日——對，就在阿丈的生日那天，小生和他去約會了。

對，就是約會。

去年小生居然失策忘了事前查明生日日期，導致只能等寒假結束後再買禮物補送。於是今年小生很早就先跟他約好，來場生日約會同時選購禮物。

看到我出現在碰面地點，阿丈嚇了一大跳。

「紅同學……今天的妳，該怎麼說才好，還滿……」

「很不顯眼對吧？」

我得意地讓他看看身上沒特色的大衣以及常見髮型的假髮，說：

「這叫做背景穿搭。因為每次和小生一起外出，你總是顯得侷促不安。」

「……沒必要這樣刻意扼殺自己的優點吧。」

「不對。這不是在扼殺小生的優點，是在襯托你的優點。」

剛好就在一年前，小生想一掃阿丈存在感薄弱的問題，試過了各種穿搭，但全都沒成功。

於是今年，小生決定自己主動配合阿丈。

當光明與陰影也不錯，但小生偶爾也想在同樣的地方，用同樣的速度，和他一起走走看。

「遠遠看起來是很不顯眼沒錯——」

小生伸手滑到阿丈的手臂上挽住它。

「——但近看還是很可愛的。」

小生貼近阿丈，湊過去盯著他的眼瞳。

阿丈顯得很尷尬，目光四處游移。雖然沒有臉紅之類的明顯反應，但似乎還是有被小生弄得心裡七上八下。很好很好。

那次神戶旅行，似乎稍微縮短了小生跟阿丈的距離。

結女同學勸小生準備的東西，也辛苦弄到了藏在錢包裡。

也就是說……？對，就是今天！

今天，可說是把這個木頭人迷得神魂顛倒的千載難逢好機會！

「……啊，這個手環看起來穩重低調，還不錯呢。你也可以試著學習一下穿著打扮

吧？」

「一起買配對款式怎麼樣？雖然大概只有小生跟你知道，但就像兩人之間的小祕密，感覺很開心不是嗎？」

「嗯，很好看很好看。沒騙你啦，真的。偶爾也放寬心相信小生一下嘛。」

比平常更柔和。

比平常更靠近一步。

小生懷著彷彿觸碰珍貴寶物的心情，與阿丈相處。

每次這樣做，阿丈都會略略別開目光。但是不會甩開小生碰到他的手，也不會拉開縮短的距離。小生夠了解他，看得出來他是在害臊。也知道這證明了他已開始逐漸接受小生真誠的好感。

現在再來告白已經沒有意義。

一切的千言萬語，小生早已給得太多，全都過了保存期限。所以只能用行動來證明。直到你相信小生是真心喜歡你，只能用小生的臉部、手腳與身體持續表現給你看。

盡情享受了一整天的時光後，小生見機會已經成熟，於是主動開口：

「總覺得，有點捨不得說再見呢。」

暗中示意對他是不管用的。

小生用指尖抓住阿丈的大衣，說了：

「怎麼樣……？只要你不介意，小生想邀請你來家裡……」

今天一整天，小生都讓步配合你了。

所以，只要一點點就好。

希望你也可以，對小生做出一點讓步。

小生的願望就這麼單純，沒有任何歪念。

……無意中竟照用了愛沙講過的那一套，真的只是巧合。

阿丈他——

像是感到害臊地目光游移——

輕輕握住小生抓住他大衣的手——

「不了，抱歉。家裡幫我準備了晚餐。」

走得比用飛的還快。

他就這樣若無其事地回去了。

「…………」

……怎麼會這樣！

事情發展到這裡，怎麼會這樣收尾？

就這樣，小生只好像個殘兵敗將，垂頭喪氣地一個人回家。

愛沙發展到了該到的階段，結女同學也有男朋友了。

除了似乎本來就對戀愛沒興趣的蘭同學之外，學生會就剩小生一個沒男友！

這樣無法作為眾人表率。

身為會長，這樣無法作為眾人表率！

小生必須盡快追到阿丈。

身為洛樓高中的學生會長，這可是重責大任！

川波小暮◆別人的前途總顯得更光明

一對情侶只要湊成對，我大多都看得出來。

兩個人一旦互相喜歡，就算再怎麼隱瞞，那種關係還是會顯現在態度上。例如頻頻交換眼神、若無其事地觸碰對方，更好懂的還會在沒人看見的地方偷偷摸摸嘻嘻哈哈講悄悄話。

剛開始交往被愛沖昏頭的時期更是明顯。

所以，你們瞞不過我的法眼的。

想騙過我這作為戀愛ＲＯＭ專鍛鍊出的審美眼光，還早了一百年咧！

「——唷，後藤！你跟渡邊同學開始交往了，對吧？」

逮住舉止反常的班上男生，我逼問不休。後藤一反他平常的個性害臊地說：「沒有啦～」支支吾吾地開始小聲找話搪塞。

過了一個耶誕節果然會多出很多情侶。好事一樁。

——再回來說到伊理戶家那兩個，看來還是老樣子。

耶誕節伊理戶來家裡過夜時，我還以為他已經掌握到一些概念了。但就目前看來，他們倆在那之後似乎沒什麼特別進展。真沒意思。

「你也這麼覺得？」

第三學期開始後過了幾天，午休時聽到我這樣抱怨，南啣著吸管說了。

「我也是耶，看那時候伊理戶同學的反應，本來還以為有了些變化……可是結女那邊也是，完～全跟之前沒兩樣。」

「會不會只是瞞著大家啊？」

「咦——？但我覺得結女不是能有祕密的類型耶。」

「不見得吧。他們現在不就瞞著爸媽一件超大祕密一起住了快一年？」

「……也是喔。」

南鬧脾氣般地噘起嘴唇，啾的一聲吸起蘋果茶。

「就算有什麼，大概也就是吵架和好之類的小事吧。如果有任何進展，她應該會跟我分享才對啊！你的話姑且不論。」

「為什麼我就姑且不論啊。」

「你自己心知肚明吧，偷窺狂。」

也是啦。要是能期待當事人跟我自白，我也不會自稱什麼戀愛ＲＯＭ專了。

「……可是，總覺得有點……」

南托著腮幫子，望向了教室門口。伊理戶正好剛剛把書隨手夾在腋下離開教室。

「有點什麼？」

「就是覺得有點……那樣啊。」

「有聽沒懂啦！」

「真的不懂？就是微妙地，有點……該說氣味變了嗎……」

「氣味？開始擦起香水了之類？」

「我不是這個意思，是說整體氛圍好像有點改變……又好像沒變……」

這傢伙從以前就是個超級直覺型。不管是運動還是電動，都是屬於毫無預備知識憑感覺玩的類型。在人際關係上也是一樣。或許該說她鼻子很靈吧。

「是喔……好吧，既然妳都這麼說了，大概是真的有什麼吧。」

「……我說你啊。」

「嗯？」

南死瞪著我的臉，說：

「該怎麼說呢……是不是變得比較溫和了？」

「嘎啊？哪裡溫和了？」

「你以前明明就更偏激吧。換成以前的你講到最後，一定會說出：『我們去跟蹤他們吧！』」

「那豈不是真的成了偷窺狂？我只想低調地遠遠觀賞啦！」

「是嗎～？」

南動作很輕地偏了偏頭，露出了一絲淺笑。

「會不會是興趣轉移到自己的戀愛上啦？」

「嗯咕！」

我嗆到了。

南壞心眼地笑著看我劇烈咳嗽，說：

「也許是比起看其他情侶，現在會花更多時間用來看某某人？」

「……妳、妳少臭美了。」

「咦～？關我什麼事～？」

這傢伙真夠煩的！沒有什麼東西比開始臭美的青梅竹馬更令人火大。

「戀愛這玩意自己來談最沒意思了。我沒打算改變這個看法。」

「好吧，我也不是不懂你想表達的意思啦。尤其是看到最近的東頭同學，更是有這種感受。」

「東頭？為什麼啊？」

「奇怪？你不知道？」

見我一臉意外，南說：「等我一下。」開始滑手機。

然後她在畫面上開啟一幅上傳到Twitter的插畫，拿給我看。

「這幅插畫就只是正常轉推過來的。」

「是喔？對耶，我好像也有看到過……」

「聽說這是東頭同學畫的喔。」

「是喔～——……妳說啥！」

我看看插畫底下的轉推數。只見數字超過了3000。

「這是……東頭畫的？」

「我聽結女講過一點，去跟本人問過了。聽說她原本就滿會畫畫的，差不多就在神戶旅遊那段時期開始認真，一個月出頭就被瘋傳了。完全就是個天才，對吧？」

「那傢伙……難怪她最近很少登入遊戲，原來……」

「聽說是伊理戶同學在當她的製作人唷。說是會兩個人一起討論要畫哪種插畫。」

「什麼～！」

那女的……趁我不注意的時候還沒學乖……！

「你可別沒事去妨礙人家喔，人家是有經過結女同意的。」

「我知道啦……話又說回來，才一個月啊……」

雖不知道她原本有多少實力，但這幅到處瘋傳的插畫，讓我這個外行人來看就像是專業畫家的作品。想到她才一個月就能達到這種水準，那的確是沒空打電動，也沒那閒工夫談戀愛了。

「真好，有一件事可以讓她這麼投入。」

南說話的語氣，像是在嘆息。

「我啊，雖然會去各個社團當幫手，但從來沒對某種特定的事物投入過太多熱忱。應該

說什麼都只做一半嗎？」

「……那當年我的事情妳怎麼就不肯只做一半？」

「我就是在說這個呀。」

她一邊看著手機上東頭的畫作，一邊說：

「這會讓我開始覺得，只能從談戀愛獲得幸福感受的自己好悲哀喔。」

我才悲哀好不好？這句吐槽在最後一刻，被我壓在心裡。

其實我也不是不懂她的心情。我也是這副吊兒郎當的德性，所以看到有人明確決定了自己的道路，有時會覺得挺羨慕的。

「……這不是什麼誰好誰壞的問題吧，愛畫畫也很好，愛男生也可以啊。」

「是嗎……」

「只不過是男生比較危險一點而已。」

「那應該就沒事了吧。」

沒事才怪。我是說妳愛的男生會有危險啦。

「唉～就沒有一個這樣的人嗎～？一個能讓我獲得幸福的人～」

「……等吐槽嗎？」

「最好是能夠跟我一起相互依存越陷越深的人～」

「等吐槽嗎？」

要照妳這種條件，上哪都找不到啦。

伊理戶水斗◆剩下的「第一次」

她用ＬＩＮＥ指定的地點，是校舍五樓的多功能廳。

這間比教室大出約兩倍的大廳，等間隔擺放了一張張白色長桌，不過這個寬敞的大空間目前只有一個人影。

我把文庫本與便當隨意夾在腋下走進去，看到結女微笑著輕輕對我揮手。

「這邊這邊。」

我走到她身邊，一邊把便當放在她旁邊的座位上一邊說：

「不用叫我也知道妳在哪裡啦，這裡又沒有別人。」

「這樣不是很有相約碰面的感覺嗎？」

「我們也沒生疏到需要現在才來追求『感覺』吧。」

我拉出椅子在結女身旁坐下，環顧無人的大廳空間。

「文化祭的時候有來這裡開過幾次會，目前就這樣空著啊？平常不是都會上鎖嗎？」

「哼哼。」

結女略顯得意地笑著，叮鈴一聲，把鑰匙懸在我的面前。

「就是所謂的學生會權限？」

「……就是所謂的濫用職權嗎？」

「講得這麼難聽。是放學後真的會用到，先把鑰匙交給我保管而已。」

大概是怕弄丟吧，結女把鑰匙仔細收回錢包裡，然後說：「況且……」打開桌上自己的那份便當。

「不這麼做，就找不到地方可以和你一起吃便當了。」

結女瞄我一眼，柔和地微笑。

我一面感到有點難為情，一面打開了自己的便當布包。

「這哪有什麼？我們每天都會一起吃飯啊。」

「但這是第一次就我們倆一起吃便當，對吧？」

說起來還真的是這樣。我們會跟川波還有南同學一起吃飯，但不是只有我們兩人。因為以一對普通的繼兄弟姊妹來說，我們判斷兩人一起吃便當的狀況略微越線了。

「其實我更嚮往的呢，是那種感覺可供人藏身的地方。就是在漫畫或什麼偶爾會看到的，通往頂樓的門口那種的。」

「那種地方應該滿髒的吧？」

「就是說啊。想說那種場所不是很適合用來吃飯。」

恐怕也很少有人去打掃吧。

「我覺得這裡就很好了，不會搞得每次有人經過都要神經緊張。」

這層樓只有圖書室、美術教室與工藝教室等本來就乏人問津的教室。就像現在也是，明明是學校的午休時間，卻連一點說話聲都聽不見，安靜到可說鴉雀無聲。

「說得也是。而且把這麼寬敞的大廳整間包下來，感覺很奢侈。」

我們打開了便當蓋。兩個便當的菜色相差無幾，頂多就是我這一份稍微偏褐色一點。當然了，因為兩個都是由仁阿姨做的。

剛開始展開現在這種生活時，由仁阿姨還會天天幫我們做便當，不過最近沒空做便當的日子有增加的趨勢。並不是阿姨開始偷懶，好像是最近工作滿檔的關係。老爸也是一樣，自從進入今年開始，兩人晚歸的日子越來越多了。

「啊，你的便當肉比我多。」

結女探頭看我的便當盒，很不服氣地說了。

我反過來稍微看一下結女的便當盒，說：

「但妳的配色比我豐富啊。」

「大概是顧慮到我的美容問題吧……但我還是想吃肉……分我一點好不好？」

「會胖喔。」

「嗚唔。」

結女先是一臉不高興，然後噘起嘴唇。

「誰講話會這麼直接啊？跟女朋友講這種話？」

「妳胖了嗎？」

「……只是胸部變大而已啦。」

「別找這種跟伊佐奈沒兩樣的藉口啦。」

雖說成長期或許是還沒結束。

「嗚嗚～……！之前明明還能說『營養都跑去胸部了』～……！」

「哼哼，獎勵時間結束了吧。」

「講得好像跟你無關似的！我要是肥了你也不會喜歡吧？」

「要看程度，多少胖一點沒關係。反正妳本來就太瘦了。」

應該說，現在還是一樣瘦。從抱住她的觸感就知道。

我拿起筷子，從便當盒裡夾出一塊唐揚雞給結女。

「喏。」

「嗚嗚……！別、別這樣……不要寵我……一旦被男朋友接受，就會失去努力的理由了……！」

「總比讓女朋友瘦成皮包骨來得好吧。」

我把唐揚雞夾到結女唇邊，她就像小鳥般地微微張口，咬了一小口唐揚雞。

「……好好吃……」

看著結女就著我的筷子小口小口吃唐揚雞，我感覺自己成了哺育小鳥的親鳥。

吃完了唐揚雞，結女用變得有點油亮的嘴巴發出「嗚嗚」呻吟。

「得查查減肥的方法才行……問問看東頭同學好了……」

「那傢伙哪裡會去減什麼肥啊。」

「說沒減肥絕對是騙人的！否則那個下胸圍就是不合理！」

「可是那傢伙最近什麼都沒做，就自己瘦下來了。因為她一專心作畫就忘了吃飯。」

寒假期間也是，整天找麻煩。明明都決定好要少去東頭家叨擾了，結果還是被凪虎阿姨叫去了一次，說是：「我要出去玩，麻煩你幫伊佐奈弄飯。」我簡直成了飼育員。

結女露出很難說是羨慕還是擔心的表情，說：

「那與其說是瘦下來，應該說是變得憔悴吧……」

「結果不都一樣？」

伊佐奈本來就不是容易發胖的類型。我不知道是不是體質問題，至少精神層面不是。因為她不是那種一有壓力就靠吃發洩的類型。硬要說的話比較屬於睡過就忘了的類型。

「唉。」結女沉重地嘆一口氣。

「這世界真不公平……」

看著結女低聲說完後開始咀嚼鮮脆蔬菜，我感到有點尷尬。

春蔥般的手指、彷彿一折就斷的頸子、線條纖瘦卻凹凸有致的身材線條——

不管看哪裡，我都覺得妳才是會被怨怪老天不公的那種人。

幸好是跟我講，要是跟其他女生講這種話恐怕會被討厭。身為她的男朋友，也許我應該多稱讚她的身材，讓她對自己的漂亮外表有所自覺？要我跟她說：「妳胸部這麼大，腰卻好細喔！」嗎？那豈不是成了性騷擾色老頭？

與其這樣，倒不如讓她努力維持身材，或許比大言不慚地說：「沒有耶～我都沒在管那些的～！」給人的印象好一點。所以我應該……

「好吧，妳加油。就當作是為了我。」

最後一句話只是隨口補上的，但結女「咦？」了一聲，對那句話做出了很大的反應。

「嗯？怎麼了？」

「沒有……就是……該怎麼說……」

結女一邊支吾其詞欲言又止，一邊毫無意義地用筷子戳小番茄。

「為了男朋友維持身材……好像……帶有一點……進貢的意味，所以……」

進貢。

這個詞彙，使我腦中聯想到陳腐庸俗的場面。結女裸身裹著輕薄床單，張開雙臂獻出自己的身體，妖媚地呢喃：「這是為你準備的……」……

「……妳整天說我悶騷，我看妳比我嚴重多了。」

聽我這麼一說，結女頓時變得面紅耳赤。

「這、這不能怪我吧！這對女生來說是現實問題耶！」

簡直好像對男生來說就是空想問題似的，然而實際上，這對我來說也是無法忽視的一件事。

的確，我們是第一次兩個人一起吃便當。

但那是指上了高中之後。

讀國中的時候就跟現在一樣，我們有躲著別人兩個人一起吃過飯。不只如此，國中時的我們也一起經歷過各種不同的「第一次」。

像是第一次的約會。

或是初吻。

我們那時雖然才剛開始交往，這些卻都已經體驗過了。

所以——我們的「第一次」，如今只剩下一個。

亦即以前試過……

最終失敗了的那件事。

「…………………………」

「…………………………」

就在認識以來距離感掌握得最差的狀況下，我們吃完了午飯。

羽場丈兒◆勇於拿出勇氣

——怎麼樣……？只要你不介意，小生想邀請你來家裡……

這幾天來，在腦中一次又一次反覆響起的聲音，使我嘆了口氣。

被她那樣說，沒有一個男人心跳不會加速。

紅同學總是這樣。意圖明顯到幾乎是強迫人接受，會讓我覺得好像認真想劃清界線的我才叫卑鄙。

假如換成其他女生，我會認為是對方有所誤解；但紅同學不一樣，她比我聰明多了。我怎麼想都覺得她的那些言行絕對有經過一番冷靜思考。

我……很害怕。

一眼看到紅同學的什麼背景穿搭時也是如此。一方面我像個傻瓜般飄飄然地想「她竟然為我做到這種地步」，一方面又有種強烈的罪惡感襲向我，覺得是我害她必須做到如此地步。

像紅同學那樣的人，竟然會對我這種人有好感，無庸置疑地絕對是哪裡出錯了。

可是在觀察他人的過程中，我好歹也學到了一件事。

學到所謂的戀愛，總是始於某種錯誤。

我沒有勇氣，敢去接受那種錯誤。竟然偏偏是我，害得紅同學犯下錯誤——要我如何去承認這種狀況？

我沒看過有誰的自我評價比我還低。

我很自然地，理所當然地，把自己視為路旁的石子。也許有人會說至少比垃圾好，但讓我來說的話垃圾還比較好，最起碼會被人撿走。

路旁的石子唯一的能耐，就是把人絆倒。

……不，這只是在玩文字遊戲罷了。只是在過度貶低自己，享受自卑的快感罷了。我只是——對，就只是——退縮了而已。

面對美夢般的現實，只是害怕從美夢中醒來而已……

儘管心懷恐懼，今天我仍舊機械性地在同一時刻，打開學生會室的門。

結果，我看到渾身赤裸的紅同學。

「嗯？」

「……啊。」

雪白的背部闖進視野，使我當場凍結。

她只穿著一件風格成熟的黑色內褲，上半身一絲不掛。僅有一條白色毛巾像是剛洗完澡那樣掛在脖子上，勉強遮住凸起的胸部。

我為了逃避這幕景象而掃視周圍，看到桌上丟著脫掉的體育服。我這才想起今天的第五～六節是體育課，而且是跑馬拉松。跑完就可以當場解散放學回家，所以我猜她一定是跑完就直接來到學生會室，換衣服的時候想順便擦身體。

這不是我第一次看到紅同學穿內衣褲的模樣。

倒不如說，紅同學其實還滿常露給我看的。雖然不至於看到習慣，但應該已經培養出抵抗力了。

可是，今天時機不對。

幾天前才那樣說過再見，現在又讓我看到這副模樣——

「……對不——」

「門。」

我正要道歉時，紅同學略顯困擾地笑了。

「會冷，可以把門關起來嗎？」

「啊……好的。」

我聽話地伸手到背後，把門關上。

然後我才發現，我為什麼沒離開房間？都是因為紅同學看起來太鎮定，害我一時覺得不至於需要逃走。

現在還不遲，我應該立刻離開學生會室——

「阿丈。」

正要轉身開門的瞬間，紅同學動作很快，已經逼近我的眼前。

我想後退，背後卻撞上了門。緊接著，紅同學的右手撐在我的臉孔旁邊。

就是所謂的壁咚。

除了脖子上掛條毛巾之外什麼也沒穿的紅同學，淺淺地、捉弄般地笑著，用左手手指順

著我的耳朵輪廓輕輕撫觸。

「你臉紅了喔。」

我一邊感覺到血液急速聚集到臉部，一邊心想：難道……

「妳……妳在等我，對吧……？」

噗哧一聲，紅同學別有深意地笑了一下。

我就覺得奇怪。明明只是擦身體，怎麼會把毛巾掛在脖子上？原來她在等我來。想逮住日前拒絕了她邀約的我。

只是在這種時候偏偏挑中幸運色狼戲碼，看來她的「參考資料」還是一樣不符常識。

紅同學把膝蓋卡進我的胯下。明明遠比我嬌小玲瓏，卻只用這個動作，就讓我彷彿被食蟲植物的藤蔓緊緊纏繞。

紅同學凝視著我的眼睛，說：

「你上次竟敢讓小生出糗。」

我轉開臉不看她的眼睛，呻吟著說：

「那、那次是……真的……」

像是要打斷我的藉口，紅同學撫過我的脖子。纖纖玉指在皮膚上爬動的感覺，宛如浪潮衝擊全身，帶來一陣陣的酥麻。

我的這種反應，似乎讓紅同學樂在其中。儘管表情依然是從容不迫的笑容，但臉頰徐徐泛紅，看得出來她漸漸變得亢奮。

不、不妙……得設法逃脫才行……！

「別……別人會過來的……！快把……衣服……！」

「既然你擔心——那麼這次，總該來小生的家裡了吧？」

說完，紅同學把手指放在遮胸的毛巾上。

「那樣就不用怕被人看到……全部，都可以玩喔？」

紅同學這人……從來不說不得體的笑話。

所以我知道，她從沒有一次不是認真的。乍看之下像在逗我，其實全都是發自真心的追求攻勢。

是我，想把這一切當成逢場作戲。

在那次神戶旅行，星邊學長認真回應了亞霜同學的感情。而我只會找藉口，不肯認真面對紅同學。所以紅同學才會著急起來，開始做出這種行為。我明白，我都明白。

因為我，只有看人的眼光最準。

因為只有這項能力……有紅同學掛保證。

紅同學的手指，慢慢地，把毛巾往旁拉開。稚氣未脫、尚待發育的隆起部位，逐漸暴露在外。我要是繼續保持沉默，要是再不肯正視她，很可能最終會全部看見。那樣能算是幸運嗎？不，不算。那樣，那樣，那樣就——

「——紅同學！」

在毛巾被拿掉之前，我抱住了紅同學的身體。

把自己的身體往紅同學的身上按，遮住一切。

「呀嗚！」紅同學發出小小的尖叫。

她是如此嬌小，如此纖瘦，如此充滿魅力——所以，我……

「……請妳……不要用這種方式。」

只能吐露出真心話了。

「既然都要這樣，我……希望可以好好，照順序來。」

「咦？」

紅同學驚叫一聲。

可是最後，她湊近看我的臉，又從我的雙手感覺出緊張心情，不禁露出小小的笑容，像是在說「拿你沒辦法」。

大概全部，都穿幫了吧。紅同學一定已經發現，我現在還沒有勇氣正視她。所以她才會像這樣，故意不與我四目交接。

「什麼樣的順序？」

明明全都心知肚明，卻故意鬧我。

我一邊回想起神戶旅行時的事，一邊斷斷續續地說：

「……比方說……一起去玩。」

「不是去過好幾次了？」

「還是牽手……？」

「這也做過了。」

「那就，擁抱……」

「現在就在做。」

啊真是，腦袋裡亂糟糟的，開始搞不清楚東南西北了。

要說還有什麼沒做過的，就只有──

「──或者……接吻……？」

我只有被她親過臉頰……當然，沒有親過嘴。

在我的臂彎裡，紅同學微微晃動了一下。雖然沒發出聲音，但我知道她在笑。

「阿丈，你想跟小生接吻啊？」

「也、也不是想不想……只是以一般來說……」

「知道了。」

紅同學把手繞到我背後，就好像不肯放手似的緊緊抱住。

「對不起，小生也有點太焦急了。小生行事會再踏實一點，用正當的手段追求你。是啊——畢竟再過一個月，就是情人節了。」

……情人節。

「然後再過一個月——到了白色情人節那時候，你一定會變得想與小生接吻想到不得了。所以——」

紅同學毫無前兆地身子一滑，從我的臂彎裡溜走。

然後，她轉身背對我——一個動作抽掉了掛在脖子上的毛巾。

「——接下來的部分，就暫緩到那時候再說吧。」

紅同學赤裸著上半身，但只讓我看到背後，回過頭來越過肩膀調皮地笑了。

我當場沿著牆壁往下滑，癱坐在地。用嬌小背影朝著我的紅同學看起來，已經不是蠱惑人心而是英勇無畏了。

……暫緩。

……足足兩個月。

明明是我自己阻止她的，一被這麼說卻又立刻開始捨不得，我也太沒用了。

彷彿看穿了我的這種心情，紅同學笑得痛快。

「────」

「──，────」

「────」

……啊，糟了。

「紅、紅同學！」

「嗯？怎麼了？還是忍不到──」

「我聽到說話聲……！他們要過來了！」

霎時間，紅同學慌忙抓起所有制服，衝進了隔壁的資料室。

幾分鐘後，紅同學出現在學生會成員們面前時，雖然神色鎮定自若，但脖子上的緞帶歪了一點點。

川波小暮◆總是後知後覺

──這會讓我開始覺得，只能從談戀愛獲得幸福感受的自己好悲哀喔。

第三學期開始過了大約半個月時，好幾天前南對我說的話無意間重回腦海。

對於這句話，我並不覺得感同身受。我就是覺得他人的戀愛關係很神聖可貴，沒什麼好悲哀的。真要說的話，大力推崇YouTuber、偶像明星或是電玩角色的那些人也跟我沒兩樣——能夠像東頭那樣成為創作者是很厲害沒錯，但我不覺得兩者之間有高低之分。

可是，她的那句話卻像是肉刺一樣卡在我心裡……我想大概是因為我缺乏自信吧。

我並不是一出生就是個戀愛ＲＯＭ專。是因為過去自己談戀愛吃到了苦頭才會改變志向，換個說法就是敗犬一隻——好吧，也許這樣說太難聽了點，總之這個興趣的確是始於負面理由沒錯。

想到這點，那些簡直像是天生如此，自然而然邂逅喜歡的人事物，彷彿命運安排般投注熱忱的人……沒錯，的確會讓我有點喪失自信。

他們太耀眼了。那種純粹的熱情太耀眼了。

看到身邊其他人談戀愛時，也會讓我產生這種心情。神戶旅行時，星邊學長的那件事也是。會讓我覺得，我已經無法變得那麼純粹了——像是死心又像羨慕的心情在胸口深處閃現，讓我對我自己感到不耐煩。

……唉，簡直跟羨慕御宅族又怕落單的偽現充沒兩樣。

我的人生之所以多出這麼大一個毛病，都是那女的害的。我很想叫她負責解決，但那傢

伙聽了一定會開開心心地幫我想辦法，所以到頭來，我大概還是得自己動腦筋吧——最起碼得管好自己的人生才行。

「哦，嗨嗨～」

我正在反常地進行哲學思辨，漫步在放學後的校園內時，碰巧遇見了腦中浮現的臉孔。是南曉月。不知道是怎麼了，小不隆咚的身體穿著籃球背心。

「嗨。妳怎麼穿這樣？」

「被叫去湊人數啦。現在是中場休息。」

說完，南走去飲水機那邊，撩起頭髮把嘴湊向噴出的水。她咕嘟咕嘟地喝了幾口後，「呼～」一邊吐氣一邊抬起臉來。然後抓著背心衣襬往上撩，擦了擦嘴。

這個動作讓白皙的腹部與藍色系的胸罩下緣毫無防備地露了出來，把我嚇了一跳。本來想提醒她一聲的，但我如果說什麼「都不怕被看到喔」就好像我獨占欲強到藏不住似的，感覺很不爽。但是別開目光裝作沒看見又顯得我有在關注她，感覺還是很不爽。

「……都一月中了，妳不冷喔？」

所以到最後，我只能用拐彎抹角的說話方式敷衍過去。

南放開背心的衣襬，說：

「在運動就不會啊。」

「啊，是喔……」

我從很久以前就在想，籃球背心幹嘛有這麼多空隙？活像件鬆鬆垮垮的坦克背心，稍微彎個身就會看到裡面了。底下好歹穿件體育服啦。

「妳這種個頭能在場上表現嗎？要是有人搶妳的球，妳應該搆不到吧？」

「你知道的啊，靠跳躍力彌補嘍。這就叫做『小巨人』。」

「跟隻青蛙似的。」

「不會說是羚羊啊，羚羊啦……哈啾！」

南突然打了個噴嚏，光溜溜的肩膀抖了兩下。看來是身體開始涼了。真拿她沒辦法。我脫掉套在制服外面的背心，披在南的肩膀上。

「謝啦，順便給我面紙。」

「拿去吧。」

我拿包面紙給南，噗————！她用力擤了擤鼻涕。

「不過啊……」

南一邊把面紙揉成一團，一邊帶著鼻音繼續說。

「跟正式球員比還是贏不了。我頂多只能到處亂竄，擾亂對方球員而已。大概憑我的實

力也就只能甘於湊人數吧——」

語氣淡漠，不帶半點懊惱。

南雖然會去各個運動社團當幫手，但從來沒有認真練習過任何一種項目。說是運動神經發達，所以不管是哪種運動都能立刻掌握訣竅玩得很好，但似乎從來沒產生過夠大的熱情讓她想努力往上爬。

「我問一下，妳玩過這麼多社團活動，結果最擅長的是哪一種？」

我忽然感到好奇於是問問看，南往我的眼睛瞄了一眼，然後「嗯——」視線朝上想了想。

「是哪個呢？覺得好像哪種都不太適合我。」

「可是不是一堆社團搶著要妳？」

「那只是因為我很會掌握訣竅啦。結果講半天，大多數的運動項目都是高個子比較吃香。就算只是跑步也是步幅大的比較快，對不對？雖然因為我體重輕，爆發力應該還不錯就是了。」

「也是喔，就像『瑪利歐賽車』也是輕量級加速比較快。」

「對對對。」

可是，排行榜前段班都是用最高速度比較快的重量級。

「從這點來說的話，至今覺得最有機會的大概是桌球吧——」

「對耶，以前全家出遊時我還被妳痛宰過。」

「對吧——那次你還跟我嘔氣，害我急到快發瘋。」

「怎麼都沒想過要認真練練看？」

「適不適合跟能不能沉迷其中，是兩回事嘛。」

念到高中一年級接近尾聲，多少會變得比較了解人性。

世間所謂的天才之所以了不起，並不是因為他們天賦異稟。他們了不起的地方，在於擁有無限的動力能夠沉迷於某種事物。

當一個人發現自己沒有那種動力時，就會往大人的階段邁進一步。

……可是，不曉得是為什麼？

總覺得，好像我才是被拋下的那一個——

「——不用等我沒關係呀。」

「我有事要去——室，順便而已。」

嗯？

校舍中傳來熟悉的聲音，我們轉過頭去。

我們現在，人在連接校舍與體育館的走廊上。我們從那裡伸長脖子往校舍裡面看，發現

伊理戶家那兩個就在走廊盡頭。

伊理戶同學應該是正準備回家吧，手上拎著書包。至於伊理戶……他怎麼還在學校？不是說已經不去圖書室跟東頭混時間了嗎？

「媽媽叫我買東西，路上得順道買回去才行。」

「沒辦法，我幫忙拿東西吧。」

「那就拜託你嘍。」

「自己的書包自己拿。」

「小氣。」

我與南不約而同地面面相覷。

伊理戶家那兩個在學校，看起來感情說不上有多好。正因為如此，入學時伊理戶同學自己引發的繼弟傳聞，才會那麼快就自然消失。

可是，他們剛才看起來，好像有哪裡怪怪的……

「那就回家吧。」

「好。」

最後，決定性的瞬間來臨了。

伊理戶同學的動作，順暢、自然，像是若無其事。

就這樣伸出她的手，去握住她的繼兄弟伊理戶的手。

伊理戶同學撒嬌般地把肩膀靠過去，伊理戶冷淡地提醒她「我們還在學校」，把手鬆開。

但是，兩人還是一樣感情融洽地肩並肩，往鞋櫃區走去……

「…………」

「…………」

我們啞口無言，目送他們的背影離去。

我的心中，只有一句話。

——被擺了一道！

伊理戶那傢伙，居然趁我不知道的時候，瞞著我做這種……！我就知道！耶誕節來家裡過夜之後，他們倆一定是發生了什麼！

「喂，南……！」

我既懊惱又興奮地跟南說話。

一看——南不知為何半張著嘴，持續注視著伊理戶家那兩個身影消失的走廊。

「……喂？妳怎麼啦？」

「……嗯——就是……」

南閉起眼睛，停頓了一下像是在斟酌用詞，然後說：

「…………小失戀？」

「嗄啊？」

怎麼現在才來說這個？不是早就對伊理戶同學死心了嗎？

「結女當然不用說，畢竟我跟伊理戶同學也求婚過一次，該怎麼說呢？總覺得，心情有點複雜……」

「拜託，妳對他們倆都沒真心到能稱得上戀愛吧？」

「是沒錯！……是沒錯，可是就……」

……好吧，這種事情是比較複雜啦。

以為已經看開了其實並沒有，以為已經結束了其實還沒。藕斷絲連，連自己都沒發現，自己一直沒能擺脫過去。

「那要不要我來安慰妳啊？」

我開句玩笑。這對現在的這傢伙，應該比較有用。

果不其然，南抬頭看著我的臉咧嘴一笑，說：

「那，要去你家還是我家？」

「嗄？為什麼限定家裡？」

「那是當然的嘍。講到安慰傷心的女孩子，就想到～……」

「別把我講成那種精蟲衝腦的渣男啦！」

南發出噗嗤噗嗤的笑聲，肩膀輕微搖晃。

真虧妳開得出這種黃腔。分明剛剛才看到那兩人純純戀愛的模樣……

……純純的戀愛啊。

或許只是我看起來像這樣吧。那兩人其實也不輕鬆，處於比我們更難應付的狀況。是克服了那些難關，才能變成剛才那種關係。

相較之下，我卻到現在還是……

「唉。」我嘆了一口氣。

「……欸，妳社團活動到幾點？」

「咦？再半小時就結束啦，幹嘛？」

「那，我等妳到那時候。」

那兩人都有所進展了——我當然也不能永遠擺一張旁觀者嘴臉，敷衍了事下去。

「回家前，先去其他地方找樂子吧。」

「可以嗎？好久沒去玩了耶。」

「紀念妳失戀，我請客。」

「好耶——！受傷真是受對了！」
「受傷的傢伙不會講這種話啦。」
南扯掉披在肩膀上的我那件背心，丟還給我。
「等我一下！我去秒殺比賽！」
留下這句話，南就像一陣風似的跑走了。
「……籃球有規定時間啦。」
抓著留有那傢伙體溫的背心，我笑了笑。
在那場神戶旅行中，好不容易才下定了決心。
我也該開始為將來著想了——

伊理戶水斗◆家庭內遠距離戀愛

在家裡，我們能作為戀人相處的時間與場所有限。
只能在放學後，從學校回到家裡開始，直到老爸他們回來之前。
之後，只有在老爸他們待在一樓，或是自己房間的時候，我們可以在二樓走廊上簡短講兩句話。

「那，晚安了。」

「晚安。」

與結女互相輕輕揮手後，我回到自己的房間。

我一邊從隔壁房間感覺到細微的氣息，一邊繞過成堆的書到床沿坐下。

然後我低頭看看手機畫面，正好收到結女的通知。

〈晚安♥〉

看到剛才沒有的句末愛心，我笑了笑。真做作。

我也再回一次〈晚安〉，仰躺到床上。

只要用手機，就不會受到時間或場所的限制。

睡前可以像這樣用ＬＩＮＥ交談，有時還會用視訊通話聊上許久。

但是——只有短暫的時間，能讓我們觸碰彼此。

這樣簡直成了遠距離戀愛。明明住在同一個家裡，距離最遙遠的時候居然就是在家裡。

即使如此……總有一天，我們會步入下一個階段。

國中時期，我們經歷過了很多事情。現在這次既是新的開始，也是那段時期的延續。

既然明知道我們是一家人，仍然選擇成為戀人的話。

我們……就必須證明。

證明我們不會重蹈國中時期的覆轍——能夠比那時候，走得更長遠。

「…………………」

裝模作樣地講這種話，結果還是跟抱持遐想的青春期男子沒多大差別。

不知道結女是怎麼想的？

她有打算，與我一起——步入新階段嗎？

伊理戶結女◆期待與不安

「唉……」

我仰躺在床上，悄悄按住自己的胸口。

有時候，我會莫名地感到心跳加速。

從這個月開始，眼前忽然出現了通往未來的入口。我一想像自己鑽進那入口的模樣，就覺得既讓人臉紅心跳又忐忑不安，不得不承認自己有點情緒不安定。

因為，我就是忍不住會回想起來。

想起亞霜學姊幸福洋溢地放閃的神情——以及大約兩年前，第一次踏進這個家大門時的事情。

「～～～」

我抱住枕頭，在床上滾來滾去。

當然我已經做好心理準備了，但一旦化做現實還是會覺得心裡七上八下。經過網路搜尋，第一次「發生」的場所似乎由「男朋友的房間」居冠。亞霜學姊的情況聽起來也是如此。但以我的情況來說，男朋友的房間就在隔壁，自己的雙親又住在同一個家裡，沒那麼容易安排計畫。

可是，遲早……我想遲早，時機就會到來。

我不覺得這樣會太快。我們已經原地踏步了很長一段時間，這樣都還嫌太慢了。所以我……應該會做好心理準備，迎接那個時刻到來。

好像既期待又害怕，既害怕又期待，嗚嗚～～……！

……不知道水斗是不是也在想這件事？就是……那個，想像我色色的模樣，然後想著要做這種事，或是那種事……怎、怎麼辦？我對那些事情什麼都不懂……！是不是應該先問一下前輩比較好？例如曉月同學或亞霜學姊……！可是該怎麼開口？太害羞了啦～！

……好吧，先冷靜下來。

以後的事以後再說。反正又不是已經預定好具體計畫了……現在先把注意力放在眼前的事情上要緊。

年度尾聲的預算委員會嗎？——不是。

二月十四日。

沒錯——情人節就快到了。

伊理戶結女◆告白表情錦標賽

在學校只剩我們倆的時候，我鼓起勇氣開口了。

「曉月同學……妳情人節，有打算要做什麼嗎？」

曉月同學揚起眉毛注視我的臉，露出一副只差沒說「哼哼～」，好像全都了然於胸的表情。

「哼哼～」

還真的說了。

「我看是這麼回事吧？這位同學想親手做巧克力送給伊理戶同學，也已經上網查過做法，然而還是沒把握，所以想請教專業人士……就是這麼回事吧？」

「我、我沒講這麼多……」

可是，基本上都說對了。

曉月同學自從發現我和水斗正在交往，就時常貼心地幫這幫那，但有時直覺會敏銳到教我害怕。雖然水斗論直覺敏銳也不輸給她，但曉月同學的直覺不知道為什麼，會讓我感到有一點點尷尬。

「沒問題！正好我也想做，那就一起做吧！從隔水加熱的方法到如何暗藏頭髮，我都會一五一十慢慢教妳！」

「呃不，我沒打算摻入不能吃的成分。」

她是在開玩笑吧？

曉月同學忽略我的一絲疑慮，說：「啊，那這樣好了。」開啟了新話題。

「再多問一個人怎麼樣？」

「還要約別人？」

「對呀對呀，妳知道的嘛？就是某位放著不管的話可能連一顆義理巧克力都不會準備的女生。」

「……情人節巧克力……？」

我們午休時前往教室，請班上女生叫一下東頭同學，她過來一聽，露出一副晴天霹靂的傻愣表情。

「對耶，是有這個文化……不說我都忘了……」

「妳把情人節當成什麼日子了？」

「我以為是美少女告白插畫大量轉推過來的日子……」

好吧，已經見怪不怪了。疏於接觸戀愛行為的女生對情人節的認知也就這樣了。再說她大概也沒機會跟朋友互送巧克力吧。

「東頭同學平常不也受到水斗很多照顧嗎？」

我如此說了。

「作為平日的感謝，我覺得試著做個巧克力也不為過喔。」

「哦——！不錯喔，結女！這就叫做大老婆的氣度！」

「不要鬧我啦！」

「唔唔——……」東頭同學顯得有些為難地皺起眉頭。

「同學言之有理，無奈小女子截稿日在即……」

「截稿日？什麼的？」

「情人節要上傳的插畫……」

「竟然為了虛構情人節疏忽自己的情人節，真是本末倒置啊。」

曉月同學語氣傻眼地說，但對東頭同學以及水斗來說，這件事恐怕比一塊巧克力要來得

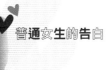

重要多了。

東頭同學歪著腦袋，說：

「構圖是已經完成了，就是表情不大令我滿意。早知如此，真該在我向水斗同學告白時錄影的。」

「完全把自己的青春歲月當成資料了……」

「直接問伊理戶同學怎麼樣？他不是正面看得清清楚楚？」

「水斗同學的說法是，我畫的角色都跟我一點也不像所以沒幫助。」

的確，東頭同學插畫中的角色經常是平凡女生，不管誰來看都會覺得像是自己的寫照。跟往奇葩路線直線邁進的東頭同學本人正好相反，說來真不可思議。

「……啊，我想到了。」

「「嗯？」」

東頭同學突然露出豁然開朗的表情，說：

「請兩位擺給我看就好啦，向心儀對象告白時的表情。」

「咦……？」

「這樣我就能去了！做巧克力！」

奇、奇怪……我們約東頭同學明明是為她好，怎麼會變成我們要答應她的條件……？

「嗯——真拿妳沒辦法。」

我合理至極的疑問還沒得到解答，曉月同學已經爽快接受，「嗯嗯！」稍微清了清嗓子。

在我們的注目下，曉月同學飛快地瞄了我一眼，露出溫順可愛的表情。

然後，她把玩著馬尾髮梢，像是在拚命安撫自己的緊張情緒。

「……我其實……很喜歡你……你接受嗎……？」

我與東頭同學頓時倒抽一口氣。

低喃般的細微聲音，加上從平時的朝氣無從想像的柔弱表情——即使知道是在演戲，仍然足夠讓我們心裡小鹿亂撞。

「太可愛了！棒到不行！」

「嘿嘿～♪好說好說～」

得到東頭同學簡單明快的激賞，曉月同學靦腆地回應。雖然早就覺得她無所不能，沒想到連演技都這麼精湛……還是說，是基於某種真實體驗……？

「那麼，再來換結女嘍。」

曉月同學不安好心地微笑，眼睛看著我。

我退縮地說：

「有、有妳的當資料就夠了吧……！」

「資料當然是多多益善嘍！對吧，東頭同學！」

「一定的！」

「我、我沒有曉月同學那麼厲害啦！」

「有什麼關係？把真實體驗演出來就好啦。」

曉月同學用挖苦人的賊笑臉說了。

「妳有跟他告白吧～？既然都開始交往了嘛～」

難道說，這才是妳們的目的……！想引誘我親口曬恩愛，拿來挖苦我……！

「不、不是……我，那個……」

「嗯嗯～？」

經過一番目光閃爍逃避追問，手背貼著嘴巴隱藏表情……

我壓抑著害羞的心情，說：

「…………是他，跟我說的…………」

國中的時候，也是用情書代替。

我是有回應告白，但說到主動開口告白，其實就……

「「…………………」」

一回神才發現，曉月同學與東頭同學，兩個人都呆住了。

而且面無表情，一副失魂落魄的反應。

「……為、為什麼是這種反應？妳們怎麼了？」

東頭同學說：「沒、沒什麼……」按著額頭又說：

「對可愛事物產生的悸動，與遭人放閃受到的傷害，讓我心情一下子處理不來……」

「啊！對、對不起……！這種話不該跟東頭同學說的……！」

不理會我的焦急，曉月同學深有所感地點頭，說：

「我懂，東頭同學……剛才那一下也攻擊到我了……」

「妳又是怎麼了！」

不管怎樣，三人參加的手作巧克力研究會，就這樣決定開辦了。

亞霜愛沙◆被拋下的人

我表情嚴肅，盯著蘭蘭像可愛松鼠一樣吃巧克力的模樣。

「……怎麼樣？」

蘭蘭咕嘟一聲嚥下嘴裡的東西，開口說道：

「我直接講結論。」

「好緊張。」

「吃太多都搞混了。」

學生會室的桌子上，像殘骸般堆滿了我帶來的巧克力的包裝紙。

這些全是我的努力成果——手作情人節巧克力的試作品。

當然我自己也有試吃，但女生跟男生的口味也許不一樣，所以才請感覺口味可能比較接近男生的蘭蘭也吃吃看。絕不是因為我沒其他朋友。

蘭蘭一邊用面紙擦拭沾到巧克力的嘴唇，一邊說：

「說是手作巧克力，其實也就是把市售巧克力融化再凝固而已，味道應該不會太差才對。有必要試作這麼多種嗎？」

「蘭蘭妳真的講話跟男生一樣耶！都不知道融化凝固這麼一個工程有多困難！」

「既然如此，我覺得妳只要強調這個困難度，星邊學長也一定不會不屑一顧的。」

「……是沒錯啦，可是……」

我把下巴放到支起手肘的雙手上，略微噘唇說：

「妳看嘛，學長不是就快畢業了嗎？不是要去念大學了嗎？身邊不是會有很多大學妹嗎？搞不好會有害蟲纏上他不是嗎？」

「也是啦，畢竟已經有亞霜學姊這個實際例子了。」

「妳說我是害蟲？竟然這樣說提拔妳加入學生會、恩重如山的學姊？」

好吧，算了。

「總而言之！為了不讓學長上奇怪女人的當，我想趁現在先把他迷得神魂顛倒啦！為此我需要最強大的情人節巧克力！」

「原來如此，也就是以毒攻毒的意思吧。」

「蘭蘭？」

又是毒又是害蟲的，嘴巴很不乾淨喔？蘭蘭？

「我明白學姊的意思了……不過可以問一個問題嗎？」

「嗯？什麼問題？」

「亞霜學姊信不過星邊學長嗎？」

「不要講這種男生受不了女朋友管太緊時會說的話啦！」

我整個人癱軟地趴到桌上，壓扁鼓起的腮幫子。

「……沒辦法啊，我就是會擔心嘛。總覺得學長就快要離我離得更遠了……」

「被妳擅自擔心糾纏的星邊學長也真是辛苦呢。」

「刺不停！蘭蘭，妳從剛才到現在每句話都刺傷我了！」

根本已經是遇到物理攻擊會反射傷害的敵人了啦！

「祝學姊有好的表現。」

蘭蘭平淡地說完，就從書包裡拿出了課本與筆記本。她把這些在桌上攤開，開始寫筆記溫習功課。

我抬起臉來，望著她一向如此的模樣說：

「蘭蘭妳沒有嗎？想送巧克力的對象。」

「妳覺得有嗎？」

「不一定要是喜歡的人吧，比方說班上哪個男生啊～」

「學姊就是這樣到處亂放電，才會引來女生的反感吧？」

「要捅死我啊！蘭蘭妳這話已經是在拿刀連捅了啦！」

蘭蘭平靜地一邊動筆，一邊說：

「這種節日跟我無關。」

伊理戶結女◆獨自一人脫單就會這樣

「聽好嘍？東頭同學？雖然世間男生都說『說是手作巧克力其實也就是把市售巧克力融化再凝固而已吧，哪裡是手作了？』——但是這個『融化再凝固而已』的部分，可是凝聚了世間女孩的血淚喔。」

「我覺得混入異物不太好吧。」

「這不是異物！情人節巧克力的話可以接受！」

我們在曉月同學家的廚房集合，做好了萬全的準備。

我們把材料一一擺好，穿起圍裙，就成了到哪裡都不丟人的賢慧女生……雖然除了曉月同學之外，就我與東頭同學來說，有點紙老虎的味道就是了。

不過，比起一年前，我現在對下廚熟悉多了。現在我已經會用手機查簡單的食譜輕鬆上菜。上次我還挑戰過歐姆蛋呢！（成功與否恕不公開）

遵照曉月同學的指示，我們著手進行製作。

看來東頭同學是真的對料理很陌生，我們問她擅長什麼料理，得到的答案是：「MARU醬正麵吧。」如果真的擅長做那個，建議她去公司上班。

於是我們不讓東頭同學碰菜刀，由我與曉月同學負責切碎巧克力。可不能讓畫家的手受傷了。

剛開始還做得手忙腳亂，但後來熟悉了步驟，就漸漸做得得心應手了。

曉月同學一邊細心地替隔水加熱用的熱水量溫度，一邊說：

「結女我問妳喔～你們現在怎麼樣了？」

我聽不太懂這個過於模糊的詢問。

「什麼怎麼樣了？」

「就妳跟伊理戶同學呀！都要做巧克力送他了，我想你們應該進展得很順利。可是妳看嘛，平常沒什麼機會聽到這些不是嗎？」

我與水斗在交往，在學校基本上是祕密。

知道的人只有東頭同學、上次被他們發現的曉月同學與川波同學，然後就是紅會長。不過說不定羽場學長也知道……亞霜學姊只知道我有男朋友，不知道對方是誰。

「我也很好奇！」

東頭同學也兩眼發亮，說：

「已經一個月了吧？而且還同住一個屋簷下……都過這麼久了……」

「是吧？東頭同學？」

「是吧？南同學？」

兩人妳看我我看妳，露出下流的邪惡笑臉。我大概猜得到她們在想什麼。要是立場顛倒過來，我大概也會這樣瞎猜。只是不見得會直接問本人。

我肅穆地一面繼續做事，一面說：

「怎麼可能有什麼嘛。雖然說是同個屋簷下，但爸媽會看到呀。」

「是嗎——？可是，還是可以偷偷來啊，妳看嘛……總能做點什麼吧？」

「感覺反而會更慾火焚身呢！」

曉月同學滿臉的壞心眼，東頭同學則是用鼻子喘著大氣，我往她們的額頭各戳了一下。

當然，我們偶爾也會躲過媽媽他們的目光，做些情侶會做的事情。可是在那種不知道何時會穿幫的狀況下，總是覺得提心吊膽……我們也會安排時間在外面見面，但又礙於公共場合有所不便……

「結女與伊理戶同學都好乖喔。」

「水斗同學可是理性的化身呢，只要覺得不行就真的什麼都不會做。」

讓東頭同學挺著豐滿的胸部這麼說真有說服力。

「這樣很好啊，證明了水斗有在認真為我著想。」

「話是這麼說啦，但偶爾還是會想被強勢進逼吧？這是女生的共通心願！」

「可是可是，平常越是壓抑，釋放的時候一定越厲害吧？我覺得水斗同學就是這一型的！」

「讚喔讚喔！搞不好會飢渴到失去節制，好像平常那麼酷都是酷假的！」

「嘿嘿，嘿嘿嘿。這種的我可以，性感又可愛。」

「請不要拿別人的男朋友講下流話好嗎！」

像水斗那樣的男生飢渴起來……嗚哇哇，嗚哇哇哇哇！

我正忙著替發燙的臉降溫時，「嗯嗯～」東頭同學擺出一本正經的表情，看著我——

正確來說，是注視著我的身體。

「結女同學，難得過情人節，我們來做那個嘛，那個！」

「啊——就是那個吧！」

曉月同學一副「正合我意」的反應拍了一下手，但我完全沒會過意來。

「那個是哪個？」

「就是那個呀，在自己身上綁緞帶～」

「往身上沾一點巧克力～」

東頭同學與曉月同學互相握住對方的手，兩人一起用妖媚的表情看著我，說：

「「吃、我、吧？」」

「…………我才不來那套。」

「很可愛耶～」

「很情色耶～」

「妳們兩個，為什麼想出的主意基本上都跟青春期男生沒兩樣？」

紅鈴理◆束手無策了？

嘗一口試作的巧克力，小生點了個頭。

「大概就這樣了吧。」

阿丈喜歡的口味去年已經調查清楚。跟去年送一樣的東西會變得像義理巧克力，所以加了一點變化，不過應該還是合乎他的口味。

絕對不會失敗。阿丈一定也會順從地收下吧，用一種理當如此的嚴謹態度。

……真的這樣就夠了嗎？

例如就像在參考文獻上看到的，也許應該拿情人節配色的緞帶纏繞在自己身上——不行，萬一被直接忽略會尷尬到想死。

不然就用胸部夾住愛心型的巧克力——辦不到，大小不夠。

在光線充足的廚房裡，望著被黑暗籠罩的飯廳，小生嘆了一口氣。

那種訴求男生情慾的行為，至今已經嘗試過無數次了。小生曾經只穿內衣褲將他推倒，也曾經抱住他往耳朵吹氣，還若無其事地把胸部按在他身上過。

無論如何想像，都不覺得現在再來嘗試這些攻勢，能打動得了阿丈。

什麼都已經試過了，現在還能做什麼……想不到好點子，是因為小生還太年輕嗎？如果小生是經驗更豐富的成人，是否就能不依賴這些肉體上的攻勢，而能夠更有智慧地對阿丈發揮吸引力……？

小生，已經……想不出主意了。

要說還有什麼手段能用，就只剩下——

伊理戶水斗◆第三次情人節

「拿去吧，你們這些男生！每人一個喔——！」

結女的朋友（記得姓坂水？）正在像是給鴿子餵飼料似的發送十圓巧克力。諸位男生有的抱怨，有的道謝，有的死要面子，但到頭來都像是湧向飼料的鴿子那樣上前領取巧克力。

不只是教室內，走廊上也能到處看到女生互送友情巧克力。友情巧克力這種文化是從什麼時候開始有的？這下巧克力不再只有戀愛相關銷路，糖果公司一定笑得合不攏嘴吧。

二月十四日。

情人節這個沒有要慶祝什麼、不知道在紀念哪裡的什麼事情的日子，我直到國中一年級之前，都從來沒有去留意過它。

直到前年我在擁有女朋友的狀態下迎接這個日期，事情才產生改變。至今我仍然能夠正確回想。想起早晨在上學的路上一碰面，結女就拿巧克力給我；我把它收在書包裡，在國中的教室裡度過了一天。

我對班上那些沒收到巧克力唉聲嘆氣的男生產生優越感，又對自己的這種反應感到有些驚訝，回到家中後，還瞞著老爸偷偷吃掉，費盡苦心才把空盒處理掉。

後來過了一年——完全空虛的一天告訴我這段感情已經結束，然後又過了一年——今天，這個日子又到來了。

不知道是怎麼搞的，我又在跟兩年前的同一個女人交往。

要是把這事告訴去年的我，不知道他會是什麼表情？會高興到哭出來，還是嘲笑我的可悲？不過，對於知道這一年發生過哪些事的我來說，這樣的未來似乎是意料中的事。

或許是因為，我可以很有自信地說——它並非偶然發生，而是我憑著堅定意志做出的決定吧。

……不過，我還沒收到巧克力就是了。

兩年前我是在上學路上相約碰面的地方拿到的，這次總不能在老爸他們面前拿本命巧克力給我吧。再加上今天學生會似乎有事要辦，結女去學校的時間比我早了很多。

照結女的個性，應該是不會決定不送。會是午休嗎？還是放學後？在心知肚明會拿到巧克力的狀態下度過一天，也挺讓人靜不下心來的。但是，我要是為了這點小事心浮氣躁就太窩囊了。我必須做好心理準備，以便隨時被叫去都能夠冷靜對應。

然後，到了放學後。

結女始終沒有把我叫去——也許是打算回到家之後，趁著老爸他們回來之前偷偷拿給我？

我一邊想著這件事情一邊收拾書包，這時手機跳出了通知。

〈**請到圖書室的老地點來。**〉

是伊佐奈聯絡我。幹嘛啊？這麼鄭重其事——剛認識的時候，我們是天天泡在圖書室的那個角落沒錯，但最近不是都沒去了？

那就去看看吧。反正結女要去學生會，回家的時間跟我錯開。

我拿著自己的書包走出教室，前往圖書室。

雖然一個月後就是期末考，但學生要自習基本上都會去自習室，圖書室目前還沒幾個人。我經過在閱覽區看精裝書的學生背後，走到窗邊的區域。

伊佐奈在那裡，屁股靠在窗邊空調的邊緣等我。

冬季的白天較短，窗外已被晚霞染得通紅，伊佐奈的身影，也二分為燃燒般的紅色與冰冷的黑影色彩。

「好久沒在這裡碰面了。」

伊佐奈說：「是呀。」屁股離開窗邊空調。

這時我才發現，她那毛衣袖子有點太長的手裡，拿著附有粉紅色緞帶的盒子。

「水斗同學。」

夕陽的紅色，溫暖地照亮伊佐奈的臉頰。

「請你……收下這個。」

看到她有些害羞，又略微內斂地把一盒巧克力遞給我，迫使我想起那時候的事情。

想起伊佐奈向我告白時的狀況——

「——你在發什麼呆啊，水斗同學？請快點拍照。」

告白特有的嚴肅氣氛頓時煙消霧散，伊佐奈半睜著眼瞪我。

我腦袋變得一片空白，說：

「嗄？……拍照？」

「就是資料啊，資料！明年情人節要用的！」

啊，喔……什麼嘛，原來是這麼回事……

看剛才那氣氛，雖然不是昨天才剛剛那樣，但也才上個月的事情，我還以為她這麼快就……

「哎喲哎喲？」

……糟了。

大概是一覺得放心就顯露在臉上了。伊佐奈忽然換上壞心眼的笑容，湊過來看我的臉。

「不行唷，怎麼可以為這點小事心動呢？小心我跟結女同學告狀喔。」

「拜託不要……照剛才那種氣氛，誰都會懷疑一下吧。」

「真要說的話，哪有人會跟上個月才交到女朋友的人告白嘛？你把我當成多不要臉的女人了？」

「我就是猜不透妳這人的想法啊。誰知道妳會不會才過一個月就完全換一套想法。」

「你說誰是雙標渣女了？」

「我沒講得那麼難聽。」

「真沒辦法。」伊佐奈嘆一口氣。

「那就再來一遍吧。這次要好好拍喔！」

「好好好。」

把剛才那段重演一遍，我拍了照片。之後又換了幾種姿勢與構圖後，巧克力才終於到了我的手上。

「謝謝。白色情人節想收到什麼？」

「這個嘛～那就裸體模……」

「超商的餅乾好了。」

「……好啦，那也不錯。」

伊佐奈噘起嘴唇，似乎不是很滿意。不知道她說那種話有幾分認真。事實上，每次都畫美少女變化也有限，差不多該要求她學學怎麼畫男性了。白色情人節正需要這樣的——

「對了。」

我走到就在旁邊的輕小說書架前，從架上挑了一本書抽出來。

「來都來了，先討論下個月白色情人節插畫的內容再走吧。」

「對，我就是要問這個！我除了色色的內容之外，已經沒哏了……」

星邊遠導◆難搞女友的取悅方式

唰──籃球靜靜地搖動籃網。

「……呼。」

我一邊調整呼吸，一邊盯著籃球在籃球架下高高彈跳。

手感……似乎，有點找回來了。

我走向在場上滾動的球，把它撿起來。

二月的室外籃球場寒風肆虐，只有我一個人的身影。但是，這樣正適合用來重新鍛鍊變得遲鈍的身體。發熱的身體內部，與寒風吹襲的皮膚形成對比，彷彿讓感覺變得更敏銳。

話是這麼說，但指尖也開始有點凍僵──也許再投個兩、三球就該喊停了？

「──啊。」

我一邊與籃球架拉開距離一邊看手錶，發現時間過得比想像中還快。視線往上一看，太陽都快下山了，東方天空已經一片黑。

慘了，要遲到了。

我從放在球場邊的包包裡拿出毛巾，加快速度擦掉變涼的汗水。動作快一點應該還趕得上——不對，在那之前……

我低頭看看自己的穿著。

看看這身吸滿汗水的輕便運動服。

「……穿這樣去可能不太好。」

我也真是大有長進，現在還懂得判斷穿著恰不恰當。

東西都準備好了。我把包包掛在肩膀上衝進公共廁所，換上了商務襯衫與卡其褲，再依序套上背心與大衣，然後離開廁所跨上腳踏車。

碰面地點有點距離，不過騎腳踏車很快就到了。在京都去哪裡都是騎腳踏車最快。

但即使如此，我還是稍微錯失了最佳時機。

「怎麼這麼慢——！」

制服外面穿著大衣的愛沙，已經在那裡鼓著臉頰了。

「竟然讓可愛的女朋友在人這麼多的地方等半天！差點就被搭訕了！」

「有人跟妳搭訕？」

「我是說差點！」

看來只是她在胡思亂想。也是啦，像我就沒實際看過幾次搭訕場面。

愛沙看著我牽來的腳踏車，一臉的傻眼。

「學長……跟女朋友碰面時，牽腳踏車過來未免有點那個吧。」

「抱歉，我沒時間牽去停放站。」

「真拿你沒辦法。就當作是你以跟我相處的時間為優先，原諒你吧。」

「很高興妳想法這麼正面。」

這裡是夾在兩條拱廊街之間的小廣場，除了我們之外還有很多人約好在這裡等人。站在這裡講話會妨礙到別人，我倆開始走在一片情人節氣氛的商店街裡。

「學長。」

愛沙走在我旁邊，微微彎下腰，嘴角浮現滿意的微笑。

「今天的穿搭還不錯喔，感覺很成熟穩重。」

「我就在猜妳喜歡這種的。」

「哦哦！學長真了解我～」

我是被逼著了解的好嗎？多虧某某人的徹底指導。

「……可是……」

愛沙一邊肩膀湊過來碰我的肩膀鬧著玩，一邊說：

「只有我穿制服……會不會覺得，有種危險的味道？」

「……那還是回去好了。我可不希望都二月了還失去推甄名額。」

「哇——等等啦等等啦！……討厭，每次都這麼壞心眼。」

愛沙噘起嘴唇，我輕拍她肩膀兩下哄哄她。她這玩笑可不能亂開。我再過一個半月就是大學生了，而妳還得再當一年多的女高中生。

就在我們靠近對方的那個瞬間，愛沙動作輕快地拿出一包情人節配色的東西給我。

「來，學長，這個送你。」

「好。」

她輕描淡寫地把東西給我，我也輕描淡寫地收下。

繼去年之後，這是我第二次收這傢伙的巧克力，但態度已經自然到不像是才第二次。

愛沙抬眼窺伺我的臉色，像是有所顧慮地開口說：

「學長你……」

「嗯？」

「學長你……已經收到其他人的，巧克力了嗎？」

「嗄？」

我轉過來看愛沙的臉，發現她面露略有不安的表情，我用鼻子哼一聲一笑置之。

「哪有可能收到啊？我現在是自由到校耶。妳還是我今天第一個遇到的人咧。」

「這樣啊……」

看到愛沙臉上仍然流露出不安，我問她：

「怎麼了？妳在擔心什麼？」

「因為學長不是很受女生歡迎嗎？一想到學長上了大學之後一定會收到很多巧克力，就覺得……」

愛沙低聲呻吟，顯得悶悶不樂。竟然急著替一年後的事情吃醋，這已經不是可愛而是難搞了。

我忍著不嘆氣，斟酌著要講哪句話才恰當。

我想想……好，那就這句吧。

「……如果情人節那天大學有課，白天大概會收到幾個吧。」

「是是是，桃花運不斷的男人就是不一樣呢！」

「也就是說，妳給我的會是最後一個。」

愛沙張嘴「咦？」了一聲，我笑著對她說：

「妳就努力把前面的都覆蓋掉吧。要小心機不是妳的看家本領嗎？」

這句話立刻見效。

愛沙頓時變得春風滿面，興奮地撲過來抱住我的肩膀。

「是！那麼為了替明年作準備，現在就來約會——」

「給我回去，妳這傻蛋。我哪有可能晚上帶著女高中生到處晃啊？」

「小氣！」

川波小暮◆選擇式情人節

回到家裡，就看到青梅竹馬一身制服加圍裙的打扮在做巧克力。

「喔，你回來了——」

南一邊拿大碗慢慢攪勻融化的巧克力，一邊轉過身來。馬尾髮梢、圍裙底邊與百褶裙的裙襬一起翻飛起來。

我一邊把書包丟到客廳的沙發上，一邊問：

「妳在幹嘛？」

「做巧克力呀。情人節嘛。」

「這種的不都是前一天就會做好嗎？都放學了耶。」

「沒關係啦，這份是你的。」

南一邊說，一邊用手指掬起大碗裡的巧克力含進嘴裡。

講這種話都不會害臊……好吧，這麼晚了才做，還來得及送的大概也就我一個了。

「沒有啦——其實我有跟結女她們一起做——但一不小心就把你那份也吃掉了！」

「就算要再做一份，在自己家裡做就好啦。」

「今天本來就打算在你這邊吃飯了，用你家的廚房收拾起來比較輕鬆嘛。」

我坐到客廳的沙發上，望著南站在廚房的背影。

號稱手作巧克力，不就是把市售巧克力冷卻凝固而已嘛——很多男人會這樣說，但是這一個融化凝固的步驟，可是比隨便一道料理都更費工。但女生還是不肯用市售巧克力簡單解決，純粹是因為她想在這麻煩的步驟當中加入一些什麼……

有如動暈症的反胃感湧上來，我仰望天花板撐過去。

該死，我也變得太自戀了吧。真想念剛上國中時，那個還是無知小鬼的自己。

「坐下來休息～」

正在設法讓自己好一點時，南穿著圍裙到我旁邊來坐下。

我把視線從天花板轉往身旁，說：

「做好了？」

「現在只等它凝固～」

做事真俐落……這讓我想到，自從開始收到這傢伙的手作巧克力以來，已經過了一段滿長的年月……

南把手撐在沙發椅面上，湊過來看我的臉。

「反正沒事做，要不要打電動？」

「喔……嗯，可以啊。」

「還是要調情？」

「嗚唔！」

本來快要緩解的反胃感急速復發，南壞心眼地咧嘴一笑。

我長嘆一口氣，讓自己鎮靜下來。

「……妳喔，不要跟我來那套啦……」

「偶爾也得試試暴露療法呀。」

「不，我不是在說這個……妳會害我不舒服到吃不下巧克力。」

南一聽，大眼睛頓時圓睜。

然後迅速瞇細，看我的視線像是在評估我的價值。

「哦……是喔……？」

「怎樣啦？」

「只是覺得，沒想到你還滿重視這件事的嘛～」
「想到花費的時間與勞力，會這樣想很正常吧。」
「我很喜歡你的這種個性唷。」
「唔唔！就跟妳說了……！」
再繼續待在她身邊，我真的要吐了！
我站起來想逃去自己的房間，但是……
「啊，喂！不准跑！」
就在那前一刻，南抓住我的手臂用力一扯。
「啊，喔……！」
重心一個不穩，我歪倒下去。
我轉身想維持身體重心，但南的嬌小身軀占掉了那個空位。
「呀——」
稚氣未脫的臉蛋逼近眼前。
才剛這樣想，我的手臂已經撐在沙發椅面上了。
色彩明亮的馬尾，纏在我的手腕上。
被我的影子覆蓋的南，有一段時間，只是定睛注視著我的臉。

然後，用她的薄唇，描繪出性感的弧線。

「在吃巧克力之前，要先吃我嗎？」

我的呼吸停止了。

「可以喔……就從身體，開始回想起吧？」

纖細的手指一拉，鬆開脖子上的緞帶。從解開第一顆鈕扣的襯衫領口，可以窺見白皙的頸項。鎖骨之間的凹陷處形成一小塊陰影，不知道為什麼，我的目光深深受到那個部位吸引。

憋住的氣息通過喉嚨，發出咕嘟一聲。

就在這時……

「——啊哈哈！」

南忽然間爆笑出聲，在我的身體底下捧腹大笑。

「跟你開玩笑的啦！你表情也太認真了吧！」

「……什……妳……！」

被一個女生大聲嘲笑，我臉頰連連抽動。這女的……！

南像個小寶寶那樣蜷縮起來，還在咯咯笑個不停，說：

「我看你是欲求不滿吧？要不要我自拍傳給你？」

「……憑妳這幼兒體型講什麼大話啊，呆子。」

「鼻孔張那麼大講這種話沒說服力喔，蘿莉控。」

「唔嗚嗚……」

我接不下去了。唯獨這一次，我無話可回。

「呵呵，今天就先放你一馬吧！」

她從沙發上一溜煙地跑開，搖頭晃腦地小跑步前往廚房。然後打開冰箱，拿出東西放在銀色托盤上端過來。

「來，請吃～為您送上義理巧克力～」

低頭看著放在桌上、一口大小的布丁型巧克力，我覺得很奇怪。

「怎麼這麼快就凝固了？」

「所以我不是說了？這個是義理。」

南脫下圍裙放在沙發椅背上，忽然把嘴巴湊到我的耳邊。

「（本命放在廚房，凝固了之後要吃喔。）」

我急忙摀住耳朵與南拉開距離，只見她露出心情愉快的笑臉。

「你喜歡義理巧克力？本命巧克力？還是～……♪」

南用手指勾住剛才拉鬆的襯衫領口。

別以為我會再中同一招。

我抓起托盤上的一顆巧克力，高聲做出主張：

「義理！」

羽場丈兒◆普通的女生

不知不覺間，學生會室只剩下我與紅同學。

亞霜同學說跟星邊學長有約早退了，伊理戶同學俐落地做完自己的工作也已經回去，只有明日葉院同學留到很晚，但紅同學告訴她剩下的我們來就好，大約五分鐘前也回去了。

學校關門的時間，就快到了。

到了二月，這個時間外面已經一片黑暗。窗戶像塗了墨汁般漆黑，只有人造燈光照亮的學生會室，像是從黑暗中現形般白亮。

白天時人聲鼎沸的校舍如今變得安靜無聲，會給人一種被拋下的錯覺。而且只有紅同學與我一起待在這個空間，場面安排得也未免太好了。

對——安排得太好了。

我不覺得自己反應遲鈍。倒不如說就是反應太快了，才會落入這種棘手的立場。

『校門即將關閉，請留在校內的學生——』

即使廣播社開始廣播，紅同學似乎仍然無意拿起早就收拾好的書包。

當然了——因為，我還沒有收到。

紅同學不是那種出爾反爾的人。

「阿丈。」

當廣播結束，四下再度恢復安靜時，紅同學靜靜地，來到呆站在一旁的我面前。

我不禁產生了防備心。

好，她會出什麼招呢？

上次她都講出那麼具有挑戰意味的宣言了，不管使出什麼花招來我都不會驚訝。就算她冷不防開始脫衣服，說出「小生就是情人節巧克力」這種話來，我反倒會覺得這才是紅同學的常態。

所以，她一定會想出我這種小人物想都想像不到的送禮方式——

「這個。」

動作很快。

沒有任何精心設計，也沒有什麼花言巧語，看到愛心型的盒子就這樣拿到我胸前，我反

而被弄得不知所措。

「……咦？」

「你在驚訝什麼？情人節的巧克力啊。不是說過會送你嗎？」

我困惑地收下包著紅色包裝紙的巧克力。

「謝、謝謝妳……」

真是白緊張一場了。說不定是上次那件事讓她做過反省，終於決定不再訴諸過於直接的色誘手段。如果是這樣那當然很好，可是她宣稱的「用正當的手段追求你」結果又是什麼意思？還是說，打開這個盒子會跳出什麼機關……？

如果是這樣，在這裡打開就不太適合了。

「那麼……差不多該回家了吧。校門就快關閉了……」

我把巧克力收進書包裡，轉身面向門口。

雖然預測落空，但比平常那種強硬進逼的手段要好得多了。如果她願意像這樣度過健康的情人節，我也沒什麼好抱怨的。

紅同學終於也變得成熟一點了……我絕對沒有覺得失望。

「——等等。」

正要伸手去握門把時，她用力抓住了我的手臂。

我感覺出那隻手——紅同學的手——暗藏著僵硬的力道，不知是怎麼搞的，使我受到一種渾身發麻般的衝擊。

我緩緩地——或者應該說，戰戰兢兢地——轉頭看她。

在我眼前的，是一個緊張到肩膀發抖的普通女生。

與天才二字離了十萬八千里遠——更談不上什麼完美無缺——就只是個普通的女生。

「……哈哈，不好意思。又不是第一次了——可是當這一刻來臨，小生也不知道自己怎麼會變得這麼緊張不安。」

我知道。

不必要的敏銳反應力，向我提出現實與記憶的共通點。

在神戶旅行時看到的——亞霜同學。

當時，試著向星邊學長說出心底話的她——跟這時候的紅同學，充滿了共通點。

「情人節本來應該是這樣的日子才對。所以，小生決定捨棄臨時想出的小伎倆，也不要難看的招數了。」

我感覺她那僵硬的手，與其說是抓住我，更像是用來抓住她自己。

紅同學深吸一口氣……

繼而，在眼眸中蘊藏堅決的光輝，注視著我。

「小生喜歡你，請跟小生交往。」

真的。

不用任何伎倆——不耍任何招數——不加任何修飾。

就只是一句再單純不過的，愛的告白罷了。

我早就知道紅同學似乎有這份心意了。

否則，她也不會把我帶進無人的教室，只穿內衣褲把我推倒，或是穿起兔女郎裝跟我幽會——我比誰都更清楚，她如果對一個人毫無感情，是不會做出那些事來的。

可是，以往我一直無法發自內心相信她的感情。

她只是覺得我稀奇——

她只是拿我尋開心——

我明明知道她不是那種人，卻就是無法擺脫這種念頭。

因為，像我這種小人物，不可能猜得透紅同學這種天才的想法。

可是。

可是，這次的告白——不管誰來聽都聽得懂。

比小學的課本還好懂。

所以，我大概是終於、第一次理解到了。

紅鈴理是認真的。

眼前的女生——是認真地，真心地，愛上了我。

「…………」

我心亂如麻。

這不是情慾。不是那種簡單易懂的感情。

以往無論心臟如何狂跳，靈魂深處總能保持微微蕩漾不受動搖、使我得以維持自我的某個部分，此時有如波濤洶湧的大海般激烈翻騰。

它沒有形體，沒有規則，沒有名稱。

還說自己反應力敏銳咧。

我只是什麼都不知道罷了。如同剛開始習慣一件事的人會陷入無所不能的錯覺，我只是因為什麼都不知道，才會陷入無所不知的錯覺罷了。

別人的事情分明那麼容易了解。

講到自己的事情，卻半點也沒搞懂。

「——還有一個月。」

對著腦袋一片空白、無言以對的我，紅同學說了。

「到白色情人節之前，你可以慢慢考慮你的回音。只是——」

臉紅成那樣，一定盡量不想讓別人看到。

即使如此，紅同學仍然沒有逃避我的視線，告訴我：

「——小生已經勇敢表白了。只有這點，希望你能明白。」

然後，她霍地放開我的手臂，就把書包掛在肩膀上快步離開了學生會室。

我被留在電燈照得通亮的房間裡，像個迷路的小孩那樣呆站不動。

我——是個沒有存在感的人。

只想當那些主角的背景。

要站在像紅同學那種主角中的主角旁邊，我不夠資格。

——小生喜歡你，請跟小生交往。

可是……剛才的，紅同學她……

「……………………」

還有……一個月。

只剩下……一個月了。

伊理戶水斗◆本命

「來，水斗同學，這個給你。」

吃過晚飯後，她隨手就把那個拿給了我。

就是裝在透明塑膠包裝袋裡的，四塊巧克力小餅乾——看都不用看就知道，它不是本命巧克力。這是因為幾秒鐘前，她也給了老爸同一份東西。

連義理巧克力都不是，就只是家人巧克力。

類別上跟媽媽給的巧克力毫無不同。以日本的情人節來說恐怕屬於社會階層最低階的這東西，就是我等了一整天後從女朋友那裡收到的巧克力。

「啊……喔，謝謝……」

經過一瞬間的空白，我勉強擠出一句道謝，收下了它。

「怎麼啦，水斗？初次收到女生給的巧克力讓你太感動了？」

「對耶，水斗以前家裡都只有男生嘛。」

「咦，可是不對啊，今年東頭同學應該也有送你吧？」

我一面勉強閃躲雙親溫馨含笑的挖苦話，一面被超乎想像的狀況徹底打垮。

不會就只有這個吧……？

不不不，這是不可能的。經過九個月的迂迴曲折總算破鏡重圓，接著就是這個情人節耶？不可能拿這種跟老爸一起送的巧克力就把我打發掉……

然而，我的猜測——或者是期望——落空，即使洗過了澡，到了深夜，結女還是沒有要給我本命巧克力的樣子。

「我先去睡了。」

到了快過十二點的時候——也就是情人節即將結束的時刻——結女終於說出了這句話，準備回自己的房間。

我內心有些慌張，但仍然故作鎮定，站起來說：「那我也去睡了。」

我像是跟在結女背後般爬上樓梯，結女走到走廊上後轉過頭來。

「晚安。」

她說了。

真的……這樣就沒了？

一旦我們各自回房間——今年的情人節，就真的要結束了耶？

但我無法自己開口跟她要本命巧克力，那麼沒出息的事我做不出來。

「……嗯，晚安。」

我只能努力如此回答，然後心有不甘地從背後目送結女走進她的房間。

……難道也就是這樣了？

也許我把以前那段交往時期的情人節過度美化了。當時我們彼此都是第一次談戀愛，又是見識狹窄的國中生，任何一點小事都會當成重大事件。可是，後來過了兩年，又歷經長達十個半月的共同生活，我們的關係早已發展到比隨處一對同居情侶都還要成熟的階段。

這樣想來，不過就是情人節，或許也就是這樣了。

……總覺得有點不爽。好像我比結女落伍似的。

懷著難以釋懷的心情，我打開自己房間的門走進去。

這時。

我發現在書桌上——放著一個沒看過的小袋子。

「…………啊。」

還來不及思考，我已經直接走向書桌前。

那個用可愛緞帶綁起袋口的袋子，裡面裝著用白巧克力寫上「Happy Valentine」字樣的一大塊愛心型巧克力。

就在這時——背後傳來了氣息。

某人出現在沒關上的房門口，用一不小心就會聽漏的聲量與速度，小聲做出了一句宣

言：

「——本命。」

然後，當我回過頭來時，那人已經啪答一聲關上房門，逃去自己的房間了。

「…………敗給她了。」

我喃喃自語的同時，不禁露出笑容。

竟然能把我騙得團團轉——這兩年來，她還真是長進了不少。

我拉出椅子坐下，小心翼翼地解開綁住袋口的緞帶，吃了比實際嘗起來更甜蜜的巧克力。

隔天早上。

在客廳遇到結女時，我光明正大地說了：

「謝謝妳的巧克力，很好吃。」

老爸與由仁阿姨，都在客廳裡。

但是，我可以大方說出來，不用怕被任何人聽見——因為我收到結女的巧克力，是眾所皆知的事實。

只不過是在本命或義理上，存在著認知的差異罷了。

結女露出有些痛快的微笑，說：

「不客氣，期待你的回禮喔。」

「好吧，我會稍微想一下。」

老爸與由仁阿姨，都沒表現出半點疑心。

確定兩人沒起疑後，我與結女偷偷交換眼神，一起竊笑。

♥到手的事物，耀眼的幻覺

羽場丈兒◆在黃昏時被妳找到

不知道其他人，即使只有一次也好，是否有真心欣賞過自己的某個部分？

我有。就只有一個部分。

——一起去社團吧！

——好！……啊，可是我是值日生——奇怪？

擦黑板或是倒垃圾，這些多餘的工作我都早就做好了。

除了我以外，沒有人會注意到是誰做的。所有人都大惑不解，去自己本來該去的地方，做他們本來該做的事情。

像我這種體質，也有它的用途。

無論我用何種方式幫助誰，都絕不會被任何人注意到。無論是什麼人的人生，都不會把我算進登場人物。我能夠不為人知、宛如自然現象地，在舞台側台專心跑龍套。

就這一個——這是我唯一覺得自己很棒的部分。

我沒有什麼能力。

運動神經不好，不是很會念書，也毫無藝術天分。

我唯一得到的天賦資質，就是沒人會來為這些事情可憐、擔心我。

既然如此，我的人生道路不就等於是確定了？

所有多餘的事情，都交給我來。

擁有能力的人，應該將時間花在值得的工作上。多餘的工作交給我這種無能小輩就好，你們應該去做只有你們能做的事情。

什麼都不會的我，負責消耗誰都能做的事務。

只有這一件事，是我的驕傲——

——羽場同學。

直到那個黃昏時分。

看見了提著垃圾袋的我，叫住了我……

她出現的那一刻為止。

——羽場丈兒同學，有一件事，只有你辦得到。

伊理戶水斗◆互相安慰，互相扶持

混雜在時鐘聲之中，動筆寫字的寧靜聲音陣陣響起。

其中不時穿插紙張摩擦的啪啪聲。這是我把課本翻頁的聲音。

「你們兩個——我差不多要去睡嘍——」

由仁阿姨一邊走向通往走廊的門一邊說了。

「不要拚過頭了唷——加油！」

「嗯，晚安——」

「晚安。」

對我們的回答點頭後，由仁阿姨便走出了客廳。腳步聲往二樓的寢室走去。

接著，我從課本當中抬起頭來。

只見結女在暖爐桌上攤開課本與筆記本，安安靜靜地用功。

看見這幅光景，也已經不是稀奇事了。

第一學期的時候我們還會倔強地各自窩在房間裡，但到了這次的期末考，我們已經自然而然地變得從一開始就幫對方準備考試。我們擅長的科目正好都不一樣，這點以前成了競爭意識的主因，然而自從我們開始互相幫助，反而變成了很好的互補關係。

不過——

「……呼啊……」

結女微微張嘴，打個呵欠，然後揉了揉眼睛。

我見狀就說：

「說真的，妳不要太拚比較好。妳除了念書以外還有事要忙吧？」

「嗯……是有點忙。」

這個時期的學生會似乎正忙碌。要準備年度預算委員會、畢業典禮以及入學典禮等等，一般學生根本不曾放在心上的活動接踵而來。再加上又卡到一年當中難度最高的年級最後期末考，怎麼想都覺得日程安排出錯了。假如情人節在三月，結女大概根本沒那多餘心思做巧克力吧。

「反正考試準備的進度也沒落後，偶爾記得放鬆一下。」

「……嗯嗯～……」

「妳本來就有點太愛硬撐了。放心吧，這裡沒別人。」

「…………呼啊啊啊～～～…………」

結女握著的自動鉛筆頓時停住。她突然趴到筆記本上，大大地嘆了一口氣。
「……從來沒經歷過這麼忙亂的第三學期……」
「畢竟對一般學生來說，這個時期什麼活動也沒有嘛。」
真的頂多也就情人節與白色情人節了──就像比賽勝利後的繞場，或是結果確定的比賽，這學期給人的印象就是這樣。除了學生會成員以外。
結女在暖爐桌上懶洋洋地伸長雙手。
「每個社團收據都亂管理一通，經費編列起來困難重重……」
「真是辛苦。」
「而且還說必須把經費花光，買了一堆跟社團活動無關的東西……」
「真是個大問題。」
「教務主任又突發奇想，想追加『歡送會』的企劃……」
「管理階層的悲哀啊。」
聽著接連吐出的苦水，我適度地回話。不是我冷淡，身為局外人的我也只能做到這樣了。
結女上下擺動著伸長的雙手說：
「累死我了～～……我要討拍～～……」

「好好好。」

我伸手過去，撥開結女的長頭髮，輕輕摸了摸耳朵附近。感覺就像在逗一隻大狗，不過結女似乎很滿意，好像很享受似的用臉頰蹭我的手掌心。

「這樣可以繼續加油了嗎？」

「嗯嗯～……再一下下。」

撒嬌依賴的語氣讓我露出微笑，用手指撫摸耳垂後面。結女像是怕癢般露出笑容，眼神柔和地注視著我。

「謝謝。」

掛在耳朵上的一綹髮絲，飄落到臉頰上。

「這點小事就能滿足妳的話，舉手之勞而已。」

「那麼，白色情人節我就期待更費心的東西嘍？」

「別給我壓力啊……」

我現在就正在煩惱這個問題。

結女輕輕晃動肩膀發笑，說：

「你那邊還好嗎？」

「嗯？」

「你也有在替東頭同學複習吧？」

延續第二學期的作法，我又接下了伊佐奈家教的大任。

好吧，其實就算凪虎阿姨不找我，我身為經紀人也不能讓她被當。目前我主要是以遠端的方式，替那傢伙趕上好像幾乎都沒在聽課的第三學期進度。

「應該很辛苦吧？還有自己的課業要顧。」

「我自己的複習不會花太多時間所以無所謂。只是伊佐奈那邊是真的很需要人帶，都把我嚇到了。」

動不動就失去幹勁，而且要講好幾遍才會懂，真是糟透了。那傢伙屬於典型的能力只能發揮在興趣上的類型。

只見結女忽然伸手過來，把掌心貼在我的臉頰上。

「乖喔乖喔。」

「妳要安慰我嗎？」

「你要的話，還可以讓你躺我的大腿。」

「……那樣絕對會睡著吧。」

「啊，說得也是。」

隔天早上要是被老爸他們看到我在暖爐桌躺大腿睡覺，我這輩子就完了。

「那就，也等到……白色情人節吧。」

「記得畢業典禮，好像也是那天？」

「嗯。雖然之後還有入學典禮，但算是忙到一個段落。」

「那……得好好期待才行了。」

「嗯。」

我抓住貼在臉頰上的手，結女也回握我的手。

最後，我們不約而同地，在暖爐桌上讓彼此的手指交纏。

「……欸。」

「怎麼了？」

「可不可以……跟你黏在一起，一下下？」

我停了一拍後，說：

「真拿妳沒辦法。」

「嘿嘿，好耶。」

我略微往旁讓開一點空間，結女移動過來，把腳放進暖爐桌裡。

然後肩膀湊過來，像是要靠在我身上。

我伸出手臂摟住她的細腰，支撐她的姿勢。

「嗯……」

不用說也知道，今天的複習到此結束。

星邊遠導◆學妹通勤妻

「學長——！你還活著嗎——？」

房間的門忽然喀嚓一聲打開，我從床上跳了起來。然後幾乎是下意識地，把正在滑的手機畫面朝下放到床上。

開門的是穿著便服配大衣的我女朋友——亞霜愛沙。

看著她今天照常裝可愛的笑臉，我說：

「妳……哪來的鑰匙？」

「媽媽已經賜給我備用鑰匙了。」

叮鈴一聲，愛沙得意地把鑰匙秀給我看。雖然早就覺得老媽很喜歡她了……明明被同年級學生討厭到死，這種地方倒是精明得很。

「唉。」我正在嘆氣時，愛沙迅速瞇起眼睛。

「學長……」

視線惡狠狠地瞪向螢幕朝下放在床單上的手機。

「你該不會……正在看色色的東西吧？」

被女朋友用警察審訊嫌犯般的眼神這麼說，我也用警察偵訊可疑人物的眼神反過來盯著她。

「妳該不會……是那種會把男朋友的Ａ片丟掉的類型吧？」

「對。」

回得超快。

被這樣光明正大地主張，反而會覺得她這人挺乾脆的。

愛沙步步進逼到我面前，手扠腰低頭看著我。

「幹嘛要那種東西？都已經有這麼可愛的女朋友了！」

「我代表全體男生提出反駁，活生生的人跟影像內容不能相提並論。」

「我明明每天都有自拍傳給你！」

愛沙做作地鼓起臉頰，我聳聳肩迴避她的追究。

妳怎麼就是不懂呢？誰會把女朋友跟ＡＶ女優或裡帳號女子等同視之啊。

「好吧，學長的性慾我晚點再來榨乾。」

「講話別這麼嚇人好嗎？」

「現在先顧食欲再說。媽媽拜託我幫你煮午飯。」

發出沙的一聲，愛沙隨手舉起塑膠袋給我看。看來裡面裝的是煮飯材料。

「拜託妳？用什麼跟妳聯絡？」

「用LINE啊。」

「不要跟別人的母親傳LINE啦。」

搞得我很不自在耶。老媽也說什麼：「像愛沙這麼好的女生，你可不能讓人家跑掉喔。」囉哩囉唆的。

自從開始交往以來，愛沙就開始像這樣大搖大擺地當起了通勤妻。所以她現在跟老媽關係可好了。內在反轉外表是個顧家女生沒什麼不好，但這傢伙就連這種地方都讓我覺得像是在耍小心機。

「妳要幫我煮飯我當然是很感激，可是妳……不用準備考試喔？」

「……我不知道你在說什麼。」

愛沙把臉別開裝傻。

這傢伙……年級最後期末考都快到了，還跑來逃避現實是吧？

「真是敗給妳了……晚點再幫妳複習吧。」

「嘿嘿嘿，勞煩學長了。小妹會努力不負學生會之名的。」

——然後，結果還是變成這樣了。

「……嗯嗯……嗯呼～……」

耳邊聽著心滿意足的睡眠呼吸，我望向拉起窗簾的窗戶。外頭已經過了傍晚，即將入夜。

接著，我看看拿我肩膀當枕頭入睡，一絲不掛的戀人。與其說是耗盡了力氣，應該是原本就已經有點累了。畢竟這個時期的學生會有很多事要忙。一想到這裡，就更想講她怎麼還有時間做這種事，但是——

「……現在是彼此都難以自拔吧……」

一邊用指尖撫摸愛沙的瀏海，我一邊喃喃自語。也就是說，我沒資格念她——只能祈禱她沒把考試K書的內容忘掉就好。

我像是哄她入睡般摸著她的頭，一邊再次開始滑手機。

滑著滑著，搔弄脖子附近的夢中氣息，無意間混入了話語。

「……學長……嗯嗯，要永遠在一起……」

……講個夢話都要裝可愛。

我一邊憋住苦笑，一邊親吻愛沙的頭髮，小聲回答：

「……知道啦。」

所以我不是像這樣，在考慮白色情人節的禮物了嗎？

川波小暮◆不只是一味索取

偶爾，我也會省思自己的人生。

跟很多人一樣，我人生的黃金時期在小學時代。當時每天過著身邊朋友成群的生活，覺得自己簡直成了世界的中心人物。

當時的我，與現在的我有哪裡不同——

那時感覺什麼都難不倒我，生活充實，確信自己不管做什麼都不可能失敗。

或許也可以說，我只是還沒嘗過挫折的滋味。那是當然了。不過就是個孩子王，井底之蛙不知海有多大。即使如此，我還是覺得——比起現在的我，當時的我至少還比較像樣一點。

比起領悟到自己無能為力的我——

我覺得還不如自大地以為自己無所不能，要來得好一點。

我是從什麼時候開始變成這樣的？有了，一定就是從那時候。

從我以為就像飯來張口一樣，女朋友會自動送上門的時候就開始了。

——……我、我……其實……很喜歡你……

一定是從我一直抱持好感的青梅竹馬，不用我做什麼就自動來告白的時候開始，我就變成了窩囊廢。

習慣於——一味索取。

情人節擺在白色情人節之前會不會是一種性別不平等？這種偏社會議題的想法閃過腦海。比方說，如果我跟那傢伙的性別顛倒過來呢？變成女人的我每年二月十四日將近時一定會煩惱著要送什麼樣的巧克力。然而實際上，我什麼都不用做巧克力就會送到我面前，我只要拿它當標準想回禮就好。

從跟那傢伙開始交往到現在，我感覺自己一直都是接受的一方。

儘管這跟那傢伙的癖性也多少有點關係，但從本質上來說，恐怕還是我自己的傲慢與怠惰所導致。

就連這個體質的治療，也都是那傢伙在採取行動，我連一次都沒有主動做過什麼——那傢伙也不過就是希望能放膽說喜歡我，我覺得我有責任回應她的心願。

「偶爾……也該表現點男子氣概吧……」

啪的一聲，額頭被筆記本拍了一下。

「喂，不准偷懶！」

我抬起放在沙發扶手上的腦袋，只見南橫眉豎目地湊過來看我。她穿著厚厚胖胖的針織上衣家居服，以這傢伙來說算是文明人的穿著了。

「我沒在偷懶啦。我是在省思自己的人生。」

「我看先省思考試範圍要緊吧。枉費我特地陪你K書！你這次不是不能靠伊理戶同學了嗎！」

南一邊說，一邊把重新泡好的咖啡端到桌上。

她說對了。就跟上次一樣，我那位全年級第二名的朋友，都只顧著照顧東頭那傢伙免得她當掉，害我不能去跪求救援。

我還得花心思考慮白色情人節怎麼辦耶——就不能多為我想想嗎？多關心一下情人節收到本命巧克力的男人吧。

「好了好了，繼續來複習吧！」

南到桌子旁邊坐成W型，用力拍了幾下地毯要我過去她旁邊。

「這次我也快要念不完了！拜託你認真點啦！」

「好啦，抱歉。」

我坐起來離開沙發，到南旁邊盤腿坐下。

南一看，狐疑地皺起眉頭。

「……幹嘛啊？忽然變這麼乖。」

「只是重新打起精神了而已啦。」

不管之後要怎麼做，先把眼前的考試搞定再說。

如果不喜歡一味索取的人生——那麼這點小事，就得靠自己做好才行。

我拿起自動鉛筆，順便採取了行動。

「對了，我想附帶問一下。」

「嗯——？」

「我對妳做什麼會讓妳開心？」

南愣了愣，盯著我的臉看。

「你是不是想讓我講什麼色色的話？」

「才沒有！妳才色咧！」

我是傻蛋才會去問她。

羽場丈兒◆跑龍套的容量

——總之你坐下吧，會計。以後我們就是學生會啦。

那次我幾乎是被綁架了。

立志成為永不被人注意到、透明無色的跑龍套的我，一回過神來竟然被帶進學生會這種組織，得到了會計這種多餘的頭銜。

做出這種事的，是才一年級就被提拔為副會長的同班同學。

——問小生是什麼意思？

紅同學臉不紅氣不喘地回答了我。

——要讓小生來說的話，小生才想問你是什麼意思呢。分明擁有可與老經驗祕書媲美的洞察力與實務能力，為什麼只想當個一般大眾？眼前掉著這樣一個意外珍寶，你不覺得二話不說就撿起來才合乎道理嗎？

紅鈴理這個人，擄獲人心的功力令人難以招架。

分明憑她的能力與美貌吸引了眾人耳目，卻特地跑來稱讚我一些根本不存在的特質。什麼意外珍寶——明明只是個不起眼的東西，真佩服她能講得這麼好聽。

我就這樣加入了學生會……結果沒想到，還滿勝任愉快的。

——阿丈同學，你好厲害喔～！這麼快就弄好啦～？果然有一套～！不像愛沙，做事慢吞吞的～……

——喂，亞霜愛沙！不准把工作塞給阿丈！

——呵呵，學妹個性這麼強悍真讓人放心對吧，會長？

——妳眼睛長到哪裡去了？那叫做厚臉皮啦。

亞霜同學與紅同學互相敵對，庶務前輩用穩重的眼神旁觀，星邊會長好像閒得發慌似的打呵欠。如果說我能夠待在這樣的空間裡，並不覺得舒適自在……那就是在撒謊。

雖然學生會對我來說，是個過於沉重的頭銜……

但能夠待在這些人的身邊——我想，我應該還滿快樂的。

只要這樣就夠了。

光是這樣的待遇，對我來說都已經好過頭了。

——怎麼了，阿丈？

——何必要逃走呢？女生都這樣給你特別服務了。

——你啊，真是人在福中不知福。這樣一個美少女都要把第一次獻給你了，你竟然想冷

漠拒絕？

紅同學，這種的我擔待不起。

對於一向活得透明、單薄的我來說……

要我接受別人的心意——負擔太重了。

伊理戶水斗◆辛苦了

「——好，ＯＫ了。」

「哈啊啊～～～…………」

在我這邊一過關，伊佐奈立刻累癱了趴到桌上。

「終於趕上了……還以為這次絕對來不及了……」

「辛苦了。檔案我來上傳就好。」

「麻還哩了～……」

作為伊佐奈形象包裝的一環，我規定她每逢特殊節日都一定要上傳主題插畫。當然白色情人節也包括在內，但伊佐奈在這裡遇到了第一次難關。好像是真的什麼點子都想不出來。

經伊佐奈一說我才發現，作為她想像力主要來源的輕小說，每到白色情人節前後故事大多會進入重頭戲，常常沒那個多餘篇幅——從給人的印象來說，戀愛喜劇的白色情人節就是主角會從多個女角當中選出真命天女。大概是那種印象太強烈，使得她關於白色情人節可運用的知識比較少吧。

況且說起來，這個節日基本上是以男生為主體。

我也想過讓她畫男性角色，不過到最後「不如試著畫看看脫穎而出的女角如何？」這個提議成了突破口。也就說如果腦中只有戀愛喜劇的重頭戲，那就別想得太複雜，畫它就對了。

戀愛喜劇女角的輸贏也算是滿有認知度的語境，而且也適合伊佐奈善於賦予故事性的畫風。我看５００ＲＴ跑不掉。

……其實最近，偶爾會有像是業界人士的帳號來跟隨她。

哪天商業案子來洽談的機會應該不小。我也跟慶光院叔叔請教過了，他說：「就算真的來了也不奇怪。」

不過，伊佐奈個人特別有感情的輕小說工作，對她來說還太早了。

因為她美少女角色以外的經驗實在太少了。要等到她能畫男性角色與成年人角色，再進一步累積夠多小物品類的設計知識，才終於能夠去碰那個領域。再快也要累積實力到明年年

中，然後製作作品集——

——我一邊像這樣擬訂計畫一邊走出伊佐奈的房間，在客廳看到了凪虎阿姨。

凪虎阿姨邋遢地坐在沙發上立起單膝，正在打電視遊樂器。看起來是十分需要專注力的對戰遊戲，但我一踏進客廳，她便頭也不回地說了：

「嗨，辛苦啦。」

「……辛苦了。」

「誰說我辛苦了？別小看我了，你這呆子。」

真希望她別連我隨口打個招呼都要挑語病，不過我也漸漸習慣這位阿姨有點幼稚的言行舉止了。

「管理我那個懶散女兒很不容易吧？年級最後期末考的結果我聽說嘍。」

「……她是憑實力。再說，我本來就屬於不太花時間念書的類型。」

「你可以再驕傲一點沒關係啦，都讓我那女兒在你們那種明星學校考試全部及格了耶？」

大概是打完一場了吧，凪虎阿姨停止操縱手把，轉頭看我。

「幹得好，我准你跟我家女兒嘿咻。」

「這徹底違反政治正確了所以恕我拒絕。」

「爛藉口。」凪虎阿姨一邊笑，一邊開始下一場對戰。

……我沒跟她提我開始跟結女交往的事。

我不知道她想把我跟伊佐奈湊一對的發言究竟有幾分認真，但我想遲早必須跟她說清楚。畢竟我都有女朋友了還在進出女生的房間是事實……她身為母親有權利譴責我。

但那也得等到伊佐奈的狀況穩定一點再說。要是一個弄不好她禁止伊佐奈與我聯絡，現在的伊佐奈還不懂得如何照顧自己。

我認為無論這之後會讓她對我的觀感變得多差，我現在都不該開口。

我拿書回到房間，看到伊佐奈趴在桌上睡著了。

第一次陷入這種慘烈戰況又適逢年級最後期末考，大概是精氣神都耗盡了吧。我從床上把毛毯拿來，蓋在伊佐奈靜靜地上下起伏的肩膀上。

「辛苦了。」

我小聲地如此對她說，把一個小袋子放在她的臉旁邊。

小袋子裡裝了我從車站地下街買來的，有點高級的餅乾。

亞霜愛沙◆學長

最近醒來時，很多時候會覺得冷。

不是因為三月的氣候，也不是棉被變薄了。

大概是因為，現在學長更常陪在我身邊吧。

我想念學長帶來的溫暖，在被窩裡抱住膝蓋。

連我自己都感到不安。只不過是學長不在同一張床上，現在的我竟然會覺得如此寂寞。

我們現在每星期可是至少會一起睡兩次呢。

我無窮無盡的自尊需求，似乎在告訴我這樣還不夠——我該不會是患了依存症吧？不不，試著解釋得好聽點吧。我的身體已經被染上學長的色彩了。討厭啦，好色喔！

其實，我大概……只是在鬧小孩子脾氣，不願接受學長將不再是學長的事實。

學長對我來說，從相遇的時候起就是學長了。從來不會是別的什麼，所以即使現在成為戀人了我還是叫他學長，也不打算捨棄敬語。

學長自己偶爾是會問我「妳打算講敬語講到什麼時候？」……可是學妹這個身分立場，

意外地還滿自在舒適的。感覺好像撒嬌也沒關係，依賴他也沒關係。一邊像妹妹一樣得到溫柔呵護，一邊又像女朋友一樣可以卿卿我我，不覺得棒透了嗎？

簡而言之，我大概是對我自己不夠有自信吧。

沒自信能成為跟學長立場對等的一個人——我這個人總是這樣。一方面急著想被大家捧在手掌心，一方面卻又莫名其妙地知道自己的分寸，只想做個小人物就好。從我對鈴理理抱持嚴重心結的時候以來毫無長進。

可是從下個月開始，我就得在沒有學長的學校過日子了。

「——姊姊！妳要睡到幾點啦！今天不是畢業典禮嗎！」

性能強大的妹妹鬧鐘鈴聲大作，我鑽啊鑽的從被窩裡露出臉來。

學生會是畢業典禮的幕後人員，也是主辦單位。我去年已經體驗過了，但蘭蘭還有小結子應該還很生疏吧。

我不去不行。

因為，我已經是學姊了。

畢業典禮圓滿結束。

畢業生退場後，我們在頓時變得空蕩蕩的體育館裡，把一排排的折疊椅收起來。從體育

館外面，隱隱約約傳來分不清是歡呼還是哭聲、悲喜交加的聲音。

我——沒有哭。

畢竟除了學長之外，我認識的學長姊就只有庶務前輩而已。而且跟前輩有用社群網站聯繫，所以沒有說再見的感覺。

真要說的話，我本身就是畢業典禮不會哭的那一型。

雖然自己畢業時會希望有人為我哭，但學長姊畢業時淚腺卻毫無反應，就是這種冷漠無情到家的類型。

還是說……我是不願意接受？

接受學長要畢業了的事實——我不再是學長的學妹這項事實。

「愛沙。」

正在把折疊椅疊起來搬走時，鈴理理過來跟我說話。

「這邊做到這裡就行了，妳去找他吧。」

「嗯……」

雖然她這麼說很貼心，但我當下有點遲疑不決。

然後脫口而出的，是難看的藉口。

「不用了啦，他們都討厭我。我跑去搶鋒頭會破壞難得的感動氣氛。」

鈴理理狐疑地皺起細眉。

「……竟然變得這麼懂事。明明妳也就只有搶鋒頭這點能耐。」

「這就叫做大老婆的氣度吧？別擔心，我有跟學長約碰面啦。」

對——今天除了是畢業典禮，同時也是三月十四日。

白色情人節。

學長已經聯絡過我，說會送我情人節的回禮。

所以不用在學校碰面，也沒關係——

「搞不好其他學妹正在跟他告白喔。」

我背脊一陣發涼。

「畢竟今天是最後機會了嘛。妳不在乎——」

「抱歉剩下就拜託妳了！」

我把抱在懷裡的折疊椅往鈴理理手上一塞，就用最快速度衝出了體育館。

我知道。

我知道這樣擔心很沒意義。學長根本就不會在乎我不再是學妹，而且就算我以外的學妹向他告白，他也不會放在心上。我要追到他都那樣費盡千辛萬苦了，一個突然蹦出來的小學妹不可能把他怎麼樣。

即使如此——我還是希望對學長來說，我才是他最重視的學妹。

直到最後一刻。一分一秒都不能出讓。

因為——對我來說，學長就是我最重視的學長……

「學……！——長？」

我衝到校門尋覓他的身影，然而我所想像的場面根本就沒上演。

沒有一堆學妹簇擁著學長。

就只有學長一個人，靠在校門口的柱子上，把玩畢業證書筒。

然後……

「嗯？喔——這麼快就弄完啦。」

就這麼簡單一句……看著我的臉，像平常一樣說道。

我環顧校門口好幾遍，確定除了學長以外沒人之後，說：

「咦？那個……學長？為你送行的人呢……？」

「沒幾個啦。畢竟我從一年級就退出社團了——不過學生會方面認識的傢伙，是有好幾個來露臉就是了。但我提早離開了。」

「咦咦？為什麼……？」

「因為我跟人有約了。」

學長露出了挖苦人的笑臉。

「不能讓可愛的女朋友等——妳上個月不是這麼說的嗎？」

……那只是玩笑話。

學長現在，也一定只是在開玩笑。

可是……他以我為第一優先，卻也一定是真的……

「……學長。」

「嗯？」

我這人很好應付，所以只不過是這點小舉動，就讓我忘掉了不安。

「你……人緣真差耶！」

我有扮好小惡魔嗎？

發自內心的安心感受，有沒有顯露在臉上？

我現在唯一不安的，就只有這件事。

「妳別小看前學生會長了。到時候同學會絕對是一場接一場啦。」

學長一邊開玩笑地說，一邊靠近過來。

然後，他一邊把手塞進口袋，一邊說：「妳腰稍微彎一下。」

「咦？學長，怎麼忽然——」

我照學長說的稍微彎下腰，他的手隨即繞到我的脖子後面。

脖子周圍，多出了一個輕巧的觸感。

一條細項鍊，掛在我的脖子上。

「白色——啊……情人節快樂有聽過，但是會說白色情人節快樂嗎？」

我低頭盯著掛在自己脖子上的項鍊。

這是……這是！

「學、學長，這個……！」

「代替項圈啦。我以後不能在學校直接盯著妳了。」

「再說……」學長又補上一句，把他那有點像不良少年的眼睛，難為情地別到一邊。

「……這樣正好吧，免得妳被害蟲糾纏。」

…………哇…………

哇，啊，啊啊啊啊啊～～～～～！

「學長！」

「啊？……唔喔——」

我把學長的肩膀用力往下按。

嘴唇一靠近過來，我馬上把自己的疊上去。

為了讓觸感清晰留下，我讓嘴唇紮紮實實地相接了十秒，然後往學長的眼睛裡窺視。

「恭喜……學長你畢業了。」

「……謝了。」

看到學長用手背遮住嘴唇粗魯地回答，我嘻嘻偷笑。

這麼可愛的學長，只有我知道。

如果是這樣的學長，我不只想撒嬌，也想被撒嬌……我真心這麼覺得。

「順便說一下，你知道學校規定不可以戴項鍊嗎？」

「別被抓到就好啦，沒事啦。」

「請問一下～這是前學生會長該說的話嗎～？」

學長，是我最喜歡的學長。

而我，也是他最喜歡的學妹。

南曉月◆是你說做什麼都可以的

各位知道嗎？

當了十年的青梅竹馬，白色情人節的選項會用光。

一開始還很單純可愛。我送他十圓巧克力，他給我三十圓的古早味零食當回禮。看來是把一般大眾所說的白色情人節三倍回禮當真了。

沒記錯的話，我應該是在國中一年級的時候初次親手做巧克力送他。一個月後，他帶了罐子看起來很高級的餅乾過來。好像是他爸媽要他拿來的。我們倆一起邊玩遊戲邊吃。我每年只要準備巧克力就好，但白色情人節必須自由發揮創意，所以那傢伙每年似乎都傷透了腦筋。其實我不介意每年都收餅乾，或者糖果也行，但他的自尊心似乎不允許他回送跟去年一樣的東西。

最後一次拿到回禮，是在國二那年。

是英文字母型的餅乾，重新排列就會變成訊息。

看那傢伙現在那副德性實在無法想像他能想出那種別緻的驚喜，我猜大概是拜國中二年級豐富的感受性所賜吧。看來他那老愛強調個性的自我意識，偶爾也會往好的方面發揮功效。

想了大約兩小時，餅乾拼出了這個句子。

——「HUNT OKAY」。

Hunt Okay？·歡迎狩獵？·狩獵什麼？·難道說——

我重申一遍，這是發生在國中二年級時的事情。是我多愁善感、懵懂無知、視野狹隘，最讓人不忍卒睹的時期發生的事。

——難道說……我就是他的獵物？

呀——呀——呀——！我發揮了強大妄想力，但很快就得知正確的排列方式是「THANK YOU」，這就是故事結局。

足足想了兩小時竟然想不出這個最簡單的答案，真是服了我自己——我一定是想從中發掘出任何一點跡象吧。想證明小小對我，懷有青梅竹馬以外的感情。

後來過了兩年。

那時的妄想已經不可能實現——或者應該說，是實現過頭導致了現在的局面——我們好不容易才以青梅竹馬的關係，迎接三月十四日的到來。

我沒說「我回來了」，默默地打開家門。

我在畢業典禮為社團活動當幫手時認識的學長姊送行，現在剛回到家。雖然他們也有找我去慶功宴或是歡送會什麼的，但我再怎麼說也只是幫手——不是社團正式成員還跑去湊熱鬧感覺怪怪的，所以就推託說另外有事一個人回來了。

當然，藉口如下。

——那個，你們知道的，今天是三月十四日嘛……

「是男人嗎！」學長姊纏著我追問，我只用意味深長的「嘿嘿」笑臉帶過，平安踏上回家的路。

好吧，反正也不算是撒謊。

我只是沒跟他們說，其實我根本就沒約。

「唉——……」

我打開空調，脫掉大衣隨手一丟，整個人躺倒在沙發上。

總覺得我明明朋友很多，可是每到重要時刻卻常常沒人陪耶。

難道我其實是怕落單的偽現充？

雖說我也承認，我的本性其實還滿陰沉內向的。

「好想結女喔……」

來跟她ＬＩＮＥ好了。可是她說不定還在忙畢業典禮的工作。找麻希或奈須華陪我好像也不是很好。

……不管怎樣，先把衣服換了吧。

即使沒有要參加典禮，我覺得反正就是去學校所以穿了制服。我只用身體的彈性從沙發上起身，解開緞帶，脫掉西裝外套，襯衫脫了用力一丟。然後站起來，滋的一聲把裙子拉鍊往下拉，任由它原地往下掉。

正好空調也把房間弄暖了，只穿著輕薄內搭衣與內褲也不會冷。在進房間拿衣服換之前，先把脫掉的制服放進洗衣機吧。

就在我用腳尖勾起掉在腳邊的裙子，想把它踢起來的時候……

「──我來啦，妳到家啦？」

「啊。」

川波從玄關探頭出來，害我一時沒控制好力道。

本來想往頭上踢的裙子，像套圈圈那樣不偏不倚套中川波的脖子。

「啊。」

川波變得像隻褶傘蜥似的，他看著下半身只穿內褲，而且一條腿還擺出往上踢腿的姿勢，一整個有失體統的我說了：

「抱歉，我的錯。」

「這是遇到幸運色狼事件的傢伙該說的話嗎？」

再表現得更開心點啦，這可是女生的半裸耶。

我也是有自尊心的，所以本來想穿著一條內褲在家裡晃到川波滿臉通紅為止，但實在太冷了，所以還是回房間穿了衣服。

我的體格穿起加絨加厚的寬鬆襯衫，就幾乎成了連身裙。光穿這件腿會冷，所以我試著用膝上襪做出了絕對領域。

也就是不怕內褲走光的不設防居家服穿搭。

你就拿這塊若隱若現的黑暗空間，幻想剛才烙印在眼底的小褲褲吧。

「可以進來了～」

我對房間外頭呼喚，川波帶著有戒心的表情從門縫露臉窺探。

「……為什麼就只有今天要在房間？平常不都待客廳嗎？」

「今天爸爸媽媽可能會回來，那樣就真的有點尷尬了，你說是吧？小小♥」

川波一副有苦難言的表情，腳步沉重地走進房間，反手關上了房門。

雖說他跟我爸媽熟到像一家人，但膽子應該還沒大到敢在他們面前送我白色情人節的回禮。況且我們一直沒跟爸媽說我們交往過。

川波邁著大步走到坐在床沿的我面前，「拿去。」把包裝好的長方形盒子拿給我。

「白色情人節。」

「喔——裡面是什麼？」

我邊收下邊問。

「馬卡龍。」

而川波平淡地回答。

「哦——不錯啊。我很愛吃馬卡龍。」

「妳看那張卡片。」

卡片？

仔細一瞧，包裝紙上綁成十字型的金色緞帶，夾著一小張卡片。這是……我把它抽出來，翻面看看。

——「只限今天做什麼都可以券」。

卡片上寫著這句話。

「這就是今年的白色情人節了。」

川波不知為何架子很大地雙臂抱胸，不知為何架子很大地放話。

「我這體質讓妳為我費了很多苦心，所以只限今天，我就為了妳忍忍吧。來吧，要殺要剮隨便妳！」

抬頭看著青梅竹馬像是武將報上名號般氣勢十足的態度，我露出似笑非笑的表情。

「……沒想到竟然會有男生跟我來『我就是禮物♥』那一套……」

「不准把我決心撐過酷刑的男子氣概翻譯得那麼軟弱！」

這男的，到底以為我想對他怎樣啊？

我低頭盯著卡片，想了一想——最後，從床上站起來。

「那就……恭敬不如從命。」

「儘管放馬過來啦。」

川波解開抱胸的手，張開雙臂像是要獻身給我。

我湊近檢查比自己高出大約三十公分的男人身體。上身是冬季襯衫搭配穿舊了的開襟衫，下身是穿到掉色的牛仔褲。從這套服裝看不太出來，但我知道這傢伙明明沒玩社團卻每天做重訓，鍛鍊一身中看不中用的肌肉。

要殺要剮，隨便我……

「怎麼了？」

「…………」

川波問我，我無法回答他。

做什麼都可以，的……底線在哪裡？

只限今天忍忍——酷刑——從這些詞句聽起來，意思應該是說，做些……會害過敏症發作的事也行……

要命。

我心臟狂跳到快死掉了。

是長久以來小心注意造成的反作用嗎？一聽到他說可以，我竟然緊張起來，躊躇不前，腦袋一片空白。

可……可以嗎？

我……真的會做色色的事喔？

不不，這當然只是鬧著玩的，我想還是有個限度。可是，既然說做什麼都可以，那再怎麼說，好歹也要到輔導級……對不對？

我一邊克制住不讓手發抖，一邊把馬卡龍的盒子放到桌上。

不知道界線在哪裡。

這家店，到哪裡算ＯＫ？我不知道啦這種規定要寫清楚啊！等到凶巴巴的黑衣人出面就太遲了啦！

我一邊感覺到腦袋快要當機，一邊又像是被沉默氣氛催促般，伸出手去。

用指尖，隔著衣服，碰他的胸肌。

「唔喔！不要用那麼奇怪的方式摸啦。」

我觸碰得太小心翼翼，弄得川波怕癢地扭動身體。糟糕，我遲疑過頭了。

這次換成用掌心輕拍撫摸。好硬，胸膛摸起來跟女生完全不一樣。這其實沒什麼，我成天都在摸，一點也不稀奇，可是明確帶著邪念觸碰的事實，讓整件事情感覺格外引人遐想。

這是體檢。

這點小事，當成在做體檢就對了……作為暴露療法的一環，只是順便幫他看看身體有沒有哪裡出問題。

我從胸部、側腹部一路觸診到上臂。看吧，一點都不色情。完全是普遍級。只有眼光汙穢的成年人，才會把扮醫生家家酒看成邪惡的行為。

我是醫生……是完全不愧對於心的醫護人員……

如果是這樣，那隔著衣服摸就不夠吧？

我霍地掀起他的襯衫。

並沒有什麼冰塊盒腹肌。

就只有還算緊緻的小腹、肚臍、露在牛仔褲外面的貼身平口褲邊緣……

有腰帶……

「————啊！」

我發現自己自然而然地想伸手去解腰帶，趕緊打住念頭。

好……好險～！差點就脫人家的牛仔褲了～！差點就限制級了～！

不行。

不能再這樣下去了。

像這樣把主導權讓給我，邪惡版的我會復活的。會造就出不能跟結女或亞霜學姊講的嚇死人情慾爆發事件。

不能由我來掌握主導權。

有了，一開始應該是那種方向性才對。

既然他說，做什麼都可以的話——

「嗯？」

看到我放下襯衫，然後直接拉開距離，川波顯得很不解。

「這樣就結束了？就只是普通的體檢嘛。」

「……嗯。」

我屁股再次坐回床上。

然後，往後一倒。

就這樣變成了仰躺姿勢。

「所以，再來換你了。」

低頭看著躺在床上的我，川波瞪大了雙眼。

既然他說做什麼都可以，那這種的也算。

我來掌握主導權會做得太過火，但只要握在這傢伙手上，應該是不會演變成什麼太過頭的局面——就算這傢伙一時失去理性無法自制……

……好吧。

那樣……也不錯。

「你怎麼了？」

仰視著當場僵住的川波，我噗哧一笑故意激他。

「男子氣概到哪去啦？嗯？」

川波的臉頰肌肉抽動了一下。

簡直就像上鉤的魚一樣。

「……要做體檢，對吧？」

「嗯。每個角落都不能遺漏喔。」

如果真被他全身上下檢查一遍，困擾的是我，挑釁的話卻衝口而出。

我的努力沒白費，川波的膝蓋壓上了我躺著的床。床鋪受到輕微擠壓，發出嘰嘰聲。川波一邊用男生的體重壓得床單變形，一邊覆蓋到我的身上。

川波的嘴唇乾乾的。

是空氣乾燥嗎？還是……

「……我要動手了喔。」

「不用一一問過我，好嗎？」

聽我說出故作從容的話，川波的手有所遲疑地，伸往我的腹部位置。

他隔著厚絨襯衫摸我的肚子。布料很厚，什麼觸感都沒有。

「你是不是怕了？」

我嗤嗤笑著嘲弄他。

「醫生叔叔～你應該有其他更想摸的地方吧～？」

「妳會不會太會演雌小鬼了？」

我哪知？那是什麼屬性啊？

「順便告訴你一件好事吧。」

「什麼啦。」

「我，現在，沒穿胸罩。」

「…………………」

川波沉默了大約五秒。

「……妳只是本來就不用吧。」

再逞強也沒用，停頓了這麼久才講沒意義喔。

「是不是真的不用，你自己檢查看看呀。其實還滿有——」

「不，沒有。」

「不准用斷定語氣。」

我說有就是有！比你想的有料！

「廢話少說快給我檢查——！」

「喂，幹嘛啦！」

我抓住川波的手，硬是放到自己的左胸上。

川波頗有男人味的粗硬手掌，隔著衣服一把攫住了我胸部的隆起。

「你看……有沒有？」

川波的手指蠕動著，像是在尋找突起處。

「不……隔著衣服，感覺不出來。」

明明是我自己做出這種事來，卻已經開始暗呼失策。

不該放在左胸，應該選右胸才對。

因為，放在左邊的話——

——怦咚怦咚怦咚。

「真的……摸不出來？」

——怦咚怦咚怦咚怦咚怦咚。

「經妳這麼一說……好像，有點軟軟的？」

——怦咚怦咚怦咚怦咚怦咚怦咚怦咚怦咚怦咚。

過剩循環的血液，逐漸從腦中奪走正常的思維。

川波的嘴唇乾乾的。

看起來會有點痛……也不會貼心塗個護唇膏……

「不，可是，也有可能是跟軟軟的布料搞混了……」

川波的嘴唇乾乾的。

他今天吃了什麼……我的午餐……應該不要緊……

「真要說的話，太介意胸部大小也有點幼稚……」

小小的嘴唇乾乾的。

我舔濕了自己的嘴唇。

「是說，我手臂開始痠——」

「——噫呀！」

放在胸部上的手加重了力道，壓得我忍不住尖叫一聲。

「啊，抱歉——」

小小慌張起來，挪開另一隻手撐在床上的位置。

可是，我的床太小。

手挪到那邊，沒有地方可以放。

——小小的手沒支撐住，往床底下滑落。

「危險——」

小小的姿勢歪了。

就快要撲到我的身上。

他急忙在床上重新立起手臂。

小小的臉逼近我，呼吸落在嘴唇上……

就在那裡停住了。

「——好險……」

抱歉。

我忍不住了。

我伸手環住小小的脖子，吸吮他乾燥的嘴唇。

「————！」

小小吃驚地扭動掙扎，我用雙手扣住他，繼續把嘴唇壓上去。

「——呼啊……嗯……」

喘不過氣來了，就迅速分開一瞬間，然後再一遍。

彷彿要把我滿懷的心意吹進他的體內，一次又一次，與他嘴唇相疊。

許久沒嘗到的觸感，果然乾裂到磨得我很痛。

但我還是不想罷手。就像被別人附身了一樣，我著迷地吻他。

「……哈……呼……」

不知道做了幾次，或者過了幾分鐘。

我總算恢復理性，讓臉從小小的面前退開。

小小——一臉的驚訝。

睜大眼睛，半張著嘴，一副就是啞然無言的樣子。

「……呼……呼……」

只有粗重的喘息，跟我一樣。

我傾聽他喘氣的幾次聲音，同時慢慢地，把手背按到嘴唇上。

「……抱歉……」

用同一隻手遮住臉，又別開眼睛掩飾我的感情。

「現在……不要，看我的臉……」

好不容易擠出的，不是對蠻橫行為的道歉。

「你……如果……看到這張臉，大概……會吐……」

我在這一刻的表情……

恐怕是這一年來——最像個女人的表情。

「…………喔…………」

川波弱弱地應了一聲，慢慢撐起上半身。

我往旁看看他逐漸遠去的臉，他的臉色已經變得很糟了。

「抱歉，我……先回去了……」

「……嗯，這樣比較好……」

留下在床上縮成一團的我，川波離開了房間。

獨自一人待在房間裡，我有一段時間只是仰望著天花板，靜待發燙的身體冷卻下來。

……我搞砸了……

不是啊，誰教那傢伙要講出那種話……我聽了當然會出手啊……

只接個吻就結束已經算是奇蹟了。而且那傢伙完全不抵抗，害我差點以為會直接做到最後——

「……奇怪……？」

我回想了一下，歪歪頭。

「……他怎麼過那麼久，臉色才變糟？」

我做出那種事來，要是換成以前他早就過敏症發作昏倒了——可是那傢伙，剛才是用自己的兩隻腳走回去的耶。

「…………………」

有好轉了。

比之前好轉了。

紅鈴理◆到手的事物

國中時期，小生曾經在文化祭當過班上的總召。

論能力小生當之無愧。班上每個同學都推舉小生出來擔任，小生也自然而然地接下了這個擔子。

小生那時還不知道。

自己並不是一個完美的人。

——紅同學，我跟妳說！我覺得這裡這樣弄會更好……

——不錯耶。可是會破壞整體的平衡，也會增加工時。

——……這樣喔。

——紅同學，男生他們吵起來了……！

——浪費時間而已，不用理他們。把那份工作拿給另外那邊幫忙。

——咦……好、好吧……

努力沒白費，攤販布置得令人滿意。

也得到很好的評價。

可是，現在小生明白。

她在乎的不是什麼整體的平衡，而是做自己想做的東西。

比起工作效率，她更在乎的是跟大家好好相處。

如果大家已經出了社會，小生的工作表現也許可以說完美無缺。可是，那只是一所學校，只是一場文化祭。

小生聽過，有人在背後說一些壞話。

——我覺得啊，紅同學總是認為自己才是對的。

——好像我們說什麼她都懶得聽似的。

——對啊對啊，乾脆全部都讓她去弄不就好了？

——總覺得這次文化祭，辦得很沒意思耶……

這些，恐怕不會是少部分人的心聲。

證據就是，小生身邊的人一天比一天減少。

小生——應該沒有做錯事才對。

可是，根本就沒有人……在追求對或錯。

小生認為，小生的決定是最正確的。

小生認為，小生比誰都更有能力。

這份自信並未受到動搖。小生還沒遇過任何一個人，能動搖這份信心。

但是只有一點——小生知道自己並不完美。

那就是，小生缺乏了讚賞他人的能力。

缺少了願意否定自己，去敬重別人某些特質的能力——

——就在那時，小生找到了。

找到一個替人處理雜務不為人知，孤獨一人，沒有存在感的男生。

——羽場同學。

那是弭平小生缺口的，最後那一角。

——有一件事，只有你辦得到。

小生傲慢地強迫他接受這個角色，但不知不覺間，他不再只是那樣的存在。

——阿丈。

不是因為他能辦到小生辦不到的事。

——小生喜歡你，請跟小生交往。

是因為名為你的存在，看起來璀璨耀眼。

你願意跟隨小生這樣的人。你讚賞其他所有人，唯獨不肯接納自己的價值。你那令小生害羞的仰慕之情，以及那令人心煩的扭曲心態，所有的一切，都變得璀璨耀眼。

你的決定沒有小生來得正確。
你的能力沒有小生來得強。
即使如此，你仍然比小生更耀眼。
對，小生一定是喪失理智了。因為除了小生之外都沒人發現。從客觀角度來說它是不存在的。而小生卻被這樣的光芒照得頭昏眼花，一定是看見了幻覺不會錯。
可是呢，這不就是所謂的戀愛嗎？
參考資料不會提到。無論如何上網搜尋也找不到。
比誰都更正確的小生——相信這比什麼都更正確。
這就是答案。
這就是只有你，才辦得到的事。

折疊椅與綠色地板貼都已經收走，體育館完全恢復了原貌。
小生坐在講台邊緣，眺望著無人的空間。
多少有一點成就感。雖然之後還有入學典禮——任期也還剩半年——但迎接年度尾聲工作告一段落，彷彿作為會長達成了一項成就。
……有很多學長姊哭了。

畢業典禮這種性質的活動，不會表現出幕後人員的個性——即使如此，光是看到那樣的場面，就讓小生不禁覺得自己比起國中時期有了一點長進。

明年，換成小生處於他們那種立場時，小生是否也能那樣哭一場？

在這高中度過的三年期間——是否能讓小生惋惜到流下淚水？

「……希望渺茫吧。」

小生喃喃自語一句，自我解嘲。

自己的個性自己最清楚。小生這人，其實還滿冷漠無情的。跟愛沙那種嘴上說不哭，實際上照哭不誤的類型不同……

這時，靠講台的那個出入口，發出喀啦喀啦聲打開了。

一個人的腳步聲，緩慢地橫越只有小生一人的體育館。

「紅同學……伊理戶同學還有明日葉院同學，都已經回去了。」

阿丈的說話聲音一如往常地內斂，但在無人的體育館中響亮地迴盪。

「這樣啊。」

小生簡短回應的同時，繼續坐在講台邊不動。

阿丈在離小生約三公尺的位置駐足，抬頭看小生的臉。

「這就是本年度的最後一個活動了。」

「是啊，再來就是四月的入學典禮吧。」

「………………」

阿丈陷入沉默，像是在等待什麼。

不……這麼說或許不對。

小生雖不如阿丈那樣熟練，但多少也學會了一點觀察他人的技巧——像他這樣一直待在小生的身邊，小生有時能夠從細微的表情變化看出他的心思。

他……應該是在猶豫吧。

猶豫著該不該踏出一步——踏進一步。

小生知道光是這樣，對他來說已經是一大進步了。就連是否要鼓起勇氣——這樣一個選擇，他都不願意去正視。不用特地做挑戰或是面對，他的人生形態已經確定。不用完成名為決斷的大事業，他的人生已經充實完滿了。

如果他……

變得想要更多——說不定會想要更多的話……

光是他能夠為了小生迷惘……對小生來說，已經是大過一切的成就。

小生輕啟嘴唇微笑，在冰涼的體育館中呼一口氣……心平氣和地開啟對話。

「跟一開始一樣呢。」

「咦？」

小生從講台邊跳了下來。

輕快迴盪的落地聲，賦予小生彷彿獨占了這間體育館的滿足感。

「就跟在那個沒有其他人在的垃圾場前，小生叫住你的時候一樣——那時愛沙、結女同學、蘭同學、會長還有庶務前輩都不在，只有小生和你兩個人。」

小生一邊撫摸剛剛還坐著的講台邊緣，一邊接著說。

「感覺就像是找到了一隻腳。不只是手臂，是比那更重要、用來走路的腳。那時小生覺得只要有你在，小生可以走得無限遙遠。」

小生用自然浮現的自嘲笑臉，對著阿丈。

「剛開始——就只是這樣而已。」

你說，這個評價是過譽。

但對小生來說，卻是低估得過分了。

「是你讓小生知道，如何去了解他人。你矯正了小生的傲慢，讓小生學會如何恰當地結交夥伴。不過，更重要的是——你用你那低微的自我評價讓小生焦急，以你那為人著想的細密心思打動小生，又用你那守身如玉的貞操觀念讓小生一肚子火。」

小生正眼看著阿丈——說道：

「這些全部——都是小生的第一次喔。」

或許你會說這是巧合。

如果有更適合小生的人，比你更早與小生相遇的話——或許你會搬出這種道理來駁倒小生。

可是。

現實當中，小生遇見的就是你。

就算只是巧合，它就是唯一的事實。

縱然，這個事實也許不是最佳選擇。

但是小生敢抬頭挺胸地說，小生實際遇見的你，是比最佳更棒的選擇。

「如何？」

一步。

「這就是最後一次表白時間了。」

兩步。

「你總算願意，相信小生了吧？」

三步。

小生主動走向阿丈。

這大概就是小生能做出的最大攻勢了。

剩下的三步，必須由他走過來……否則就沒意義了。

「…………我……」

隔了一個呼吸，阿丈拘謹地開口了。

「從來不覺得，自己有任何價值。沒什麼特別理由……只是從小就覺得……本來就是這樣。」

結結巴巴地，像是要取回至今拖延的部分，阿丈娓娓道來。

「可是……大概，所有人都是這樣吧。沒有人從一開始，就知道自己的價值在哪裡……小時候被疼愛產生錯覺，日後才漸漸發掘真正的價值……關於這點，紅同學……妳應該也是這樣吧。」

阿丈的語氣，像是無奈嘆氣。

「我本來以為，我天生就不一樣……覺得我跟他們所擁有的事物，從一開始就不一樣……可是，對——其實不一樣的，是後來到手的事物。像亞霜同學，或是伊理戶同學……星邊學長，以及紅同學妳——看著你們不斷有所改變，迫使我不得不領悟到這一點……」

最後，阿丈說了：

「我——寧願當背景。」

語氣堅定，毫無遲疑。

「這個答案不會改變，我以這樣的自己為榮。我比任何人都了解，能夠當某個人的背景是多美好的一件事——只是，我發現到了。這並不是別人給我的，而是我靠自己獲得的立場。」

羽場丈兒。

在洛樓高中學生會——不，比這所高中的任何人，都要更缺乏存在感的男人。

這樣的他，此時此刻……

在無人的體育館裡——壓倒性地，確鑿不移地，清楚明白地！

主張他的存在感。

「紅同學……我與妳，並不是天作之合。」

明明聽到令人心頭一涼的話，小生的身體卻做出了相反的反應。

心潮澎湃，無法抑止。

「可是……姑且不論這點，我到手的事物——跟我所想的事物是兩回事。」

阿丈的一舉手，一投足，嘴唇的任何一個動作，都抓住了小生的目光。

「妳擁有我沒有的所有事物……就像舞台的主角，光輝耀眼——但是……」

一步。

「妳發現了站在舞台側台的我，找到了我這種微不足道的無名演員。」

兩步。

「如果要問我是**從何時開始**，答案——再清楚不過了。」

三步。

「我從一開始，就喜歡妳。」

他站在小生的面前。

輕輕握了握小生的手。

把裝了巧克力的小袋子，放在小生的手掌心裡。

「……對不起，敷衍了妳這麼久。」

只有低垂著頭，含糊不清地補上的一句話，是小生熟悉的那個阿丈。

小生噗哧一笑，探頭看看他低垂的臉。

「親手做的巧克力？」

「呃……除了回送一樣的東西，我也想不到……其他回應的方式了……」

聽到這種剛才的存在感像幻覺一樣越說越消極的聲調，讓小生更是低聲笑個不停。

「既然說是一樣的東西……那麼，小生可以當你是那個意思嘍？」

小生那時候說「請跟小生交往」，把巧克力送給了他。

然後阿丈，也回送了小生同一種東西。

阿丈耳朵微微發紅，含糊不清地說：

「哎……就當作是那樣，沒關係……」

「那是不是有件該做的事？」

小生把拿著巧克力的手貼到阿丈的腰部，身體靠向他。

「咦……啊……」

「讓小生苦等了這麼久，性急一點不為過吧？」

小生靠近到呼吸落在臉上的距離注視阿丈，他視線四處游移了半天，然後緊閉眼睛幾秒鐘。

「那……就……」

看到阿丈下定決心般睜開了眼睛，小生自然而然闔起眼瞼。

繼而——

——小生整個人，被強而有力地緊緊抱住。

「……………」

「…………嗯…………」

感覺到繞到背後的手臂緊繃得硬梆梆的，小生無聲地微笑了。

……小生是在跟你索吻耶。

好吧，也罷——反正阿丈主動擁抱小生，也是第一次。

小生和他就在空無一人的體育館正中央，相擁了好幾秒、好幾分鐘。

伊理戶結女◆戀愛的終點在何方

從學校回來，我在自己房間換下制服後，躲著媽媽他們偷偷出門。

他們要是看到我這身精心打扮的約會穿搭必定會追問，說不定還會害我遲到。考慮到這層風險，在制服外面穿件大衣出門也是個選擇，但我還是覺得約會就該穿得漂漂亮亮的。

今天我要跟水斗，來場白色情人節的回禮約會。

據水斗的說法，似乎是順便慶祝撐過期末考與畢業典禮等學生會的繁忙期。水斗主動向我提出這種過節方式，會讓我感慨良深地心想：哇，我們是真的在交往呢。

我們倆一起出門時，都會約在遠離平常生活圈的地方碰面。因為不光是媽媽他們，被學

校同學看到也會不太好。萬一真的碰到就只能硬說是姊弟感情好掩飾過去，但那種狀況當然是能避則避。

我從烏丸御池搭電車，前往三条車站。雖然才幾分鐘的車程好像有點浪費錢，不過水斗說今天的費用他出。我就不跟他客氣了，這才是被請客的一方該有的態度。

……反正那男的，當東頭同學的家教似乎有領到薪水。以出軌費來說還算便宜他了。

我在電車裡聯絡水斗：

〈我快到了。〉

下車時我收到回覆：

〈我在BOOK OFF殺時間。〉

跟人約碰面這麼沒氣氛。不過也滿有水斗的風格的。

走出地下鐵的剪票口，我直接搭手扶梯，前往樓上的BOOK OFF。這棟車站大樓從一樓到三樓全都是BOOK OFF，不過我大致猜得到水斗在哪裡。

前往三樓的文庫區，我找到了熟悉的背影。

我靠近過去，放低音量對他說：

「久等了。」

「嗯。」

水斗往我看一眼，把手上的文庫本放回書架上。

「不買嗎？」

「裡面有寫字。」

「啊——……」

舊書偶爾會遇到這種情況。

「寫了什麼？」

「建議妳別看比較好。」

「為什麼？」

「是小學生的黃色笑話。」

「噢——……」

這我也有碰過，像是圖書室的辭典等等……

「總之我們走吧。」

不管是哪一家書店，都不適合讓人站著說話。我們離開了安靜的店內。

我們走出車站大樓，過了行人穿越道，來到三条大橋。沿著洋蔥型擬寶珠等間隔排列於頂端的木製欄杆往前走，我們越過鴨川走向鬧區方向。

「我從國中的時候就覺得……」

半路上，水斗忽然說了。

「我很沒有逛街的天分。」

「……嗯，我也感覺到了。」

我苦笑起來。

真要說的話，我們當時的約會可說一成不變，這件事我應該已經重複提過三、四次了，但我感覺水斗比起我，更是根本就對上街這件事興趣缺缺。

即使兩個人一起去到鬧區，也不知道該怎麼逛。

應該說，就算到處走走看看，也感覺不出哪裡好玩——恐怕還不如在家裡看書來得有趣得多了吧？

當然當著女友的面，他不會把這種話說出口，但作為家人相處了將近一年，現在我知道——這傢伙在內心深處，絕對是這種想法。

「可是之前去水族館，你好像還滿樂在其中的。」

「那是因為……那間水族館設計得好吧。」

就當作是這樣吧。事實上有了「看魚」這個明確的目的，我也覺得享受樂趣的難度比較低。

「總之，我做為今天的主辦人也試著想了各種計畫，但是……」

「但是？」

「我放棄了。一頭霧水。」

這男的就這樣放棄擬定約會計畫了。

驚人的是，他還是我的男朋友呢。

「那麼今天就沒計畫了？」

「請妳說成我提高了計畫彈性。」

「哼哼哼。」

見我得意地微笑，水斗眼神變得充滿狐疑。

「這一年來的生活經驗，在這方面顯出差異了吧。」

「……我還是問一下好了。妳想拿什麼來壓我？」

「我就來教教你這個有待改進的男朋友，除了書店與圖書館以外還有什麼可以玩的吧！」

水斗似乎決定投降了，無力地說：「麻煩妳了……」甘願讓我當老大。

我迅速挽起他的手臂……

「水斗。」

把這一年建立起的自信，表現在笑容上。

「你今天就看我如何享受約會，當成你的樂趣吧？」

像是比剛才更甘願服輸似的，水斗柔和地放鬆了臉頰。

我們漫步在拱廊商店街，看到有興趣的店就一家家進去逛。

「怎麼樣？這件衣服可愛嗎？」

「妳覺得可愛就可愛啊。」

「答錯了，不對不對！我是在問你的喜好！這題閱讀測驗要解釋成『我願意染上你的色彩，你覺得呢？』才對！我自己喜歡的衣服不會自己來買啊！」

「什麼時候變成在考國語了？」

水斗嘴上這樣說，但還是另外拿了一件衣服說：「那就……」放到我身上比比看。

「這件或許還不錯。」

「這件？……你是不是喜好有點變了？」

水斗以前喜歡的，應該是極富女孩子氣質的清純款式才對。可是現在，拿到我身上比比看的，是曉月同學偶爾會建議我穿的，那種成熟穩重的休閒衫。

「畢竟妳現在個頭比較高了，當然不會再建議妳穿以前那種衣服啦。」

我立刻把眼睛瞇得很細，目不轉睛地盯著水斗的臉瞧。

水斗被我盯到有點招架不住，說：

「幹……幹嘛？」

「我就教教你吧……男生的穿搭品味忽然出現變化，會讓女生感覺到其他女生的影子。至少我會。」

水斗尷尬地悄悄調離目光。

「果然是東頭同學。」

「不……妳先聽我解釋。」

「請說？」

「我幫那傢伙收集資料，變得更有機會搜尋女生的時尚穿搭……所以，那個……我有時候，會想像妳穿哪種比較好看……」

「哦～？」

享受水斗難得著急到焦頭爛額的表情，我揚起了嘴角。

「好吧，我原諒你。因為這就表示你心裡常常想著我，對吧？」

「……對啦，就是妳說的那樣……」

聽到他無法替自己開脫只能邊嘆氣邊這麼說，我笑得更滿足了。

「不過，約會中表現出受到其他女生的影響可是禁忌喔。這點你要銘記在心！」

「是妳自己要看出來的，我能怎麼辦啊？」

「你加油吧。」

「這麼霸道……」

我輕聲笑著捉弄水斗，然後當場把他說不錯的休閒衫買下來。水斗說他要出錢，但我覺得拿這個當白色情人節的回禮有點浪費。

「再來去挑挑看適合這件休閒衫的裙子或褲子吧。」

「這種的應該百搭吧？」

「是沒錯，但既然要買就會想湊齊上下一套吧？」

我微微偏著頭說了。

「你不想看到女朋友只穿著你挑的衣服嗎？」

「…………妳真的變得很會耍小聰明耶。」

「就不能說我變得更有魅力了嗎？」

我就這樣享受男朋友顯現出的些許征服欲，繼續跟他在商店街閒逛。

我們雖然是住在同一個屋簷下的情侶，但跟同居情侶有根本上的不同。

這是因為我們必須跟同住的雙親隱瞞我們正在交往的事實，因此在家中反而不能耍甜蜜

——但也不能在外面的公共場所過度親熱。

那麼，哪裡才是最適合我們幽會的地點？

在這兩個半月，答案已經出爐。

就是網路咖啡廳的雙人包廂。

「總覺得心情好複雜。」

聽我抱膝坐在軟墊席上這樣說，水斗一邊關上包廂的門一邊問：

「什麼事情複雜？」

「你是因為跟東頭同學來過，才會想到在網咖碰面吧？現在這個東頭同學的影子不時閃現的狀況，讓我覺得好像自己不如人。」

水斗露出像是結合了苦笑與陪笑臉，不上不下的表情。

他帶著這張臉坐到我身邊，說：

「我個人只能誠心接受妳的這句怨言，不過……無論是就預算或條件來說，都沒有比這裡更好的地點了吧？」

「是沒錯啦～」

看我擺出氣鼓鼓的臉，水斗用肩膀輕輕撞了我一下。

「我只有跟伊佐奈來過一次，但跟妳已經是來第三次了。妳已經贏過她了。」

我也靠到水斗的肩膀上，作勢要把他推回去。

水斗伸手到我背上，支撐我的姿勢。

——你對東頭同學做過什麼，我也要。

水斗或許是想為了我，正直地遵守這種孩子氣的約定吧。

如果是這樣……這自然而然地，讓我想起一件事。

其實以前，我跟東頭同學詳細問過——水斗跟東頭同學到網咖時的狀況。

也得知了當時發生的，一點小意外。

「………………」

我偷看一眼水斗的側臉。

水斗彷彿完全不記得那麼久以前的事了，伸手握住眼前的滑鼠啟動了電腦。

「要看影片還是什麼嗎？」

我不禁稍微往後仰。

水斗探身過來時，手臂……差點就碰到我的胸部了。

「嗯……好。那就隨便挑一個……」

只有我一個人心裡七上八下，小小密室裡的時間不斷流逝。

我們在網路咖啡廳其實也沒做什麼。就是用電腦看影片、閱讀帶來的小說，或者當然也會看看漫畫。

以前國中時期在圖書館也做過類似的事，現在我們可以靠得更近，度過更自由的時間。

不一定會講話。

對於作為一家人朝夕相處的我們來說，沉默並不可怕。

純粹只是不用顧慮他人目光，可以用自己的方式——消磨的時光罷了。

……正因為如此……

正因為如此——一些必須是情侶待在密室裡，才能做的事情……要做也是可以。

不不不，我當然知道不能做色色的事了。這裡隔音不是很好，講話不夠小聲還會被人聽見……可是，這個嘛……在這麼狹小的空間，距離又如此貼近的話，當然會發生一或兩次意外了……

「…………………」

我一邊頻頻偷看水斗的臉……一邊輕輕地，把手疊到他的手上。

水斗飛快地瞥了我一眼……然後，慢慢地，反過來握住我疊上去的手。

這點小動作……還不算太超過。

我臂部稍微挪過去一點，肩膀跟他貼得更緊。然後，稍稍把體重壓到水斗身上，但還不到整個人靠上去的程度。

還不要緊……還不要緊。

合握的手，慢慢地鬆開。繼而我那隻手，有點不好意思地繞到了水斗的腰上。就像用言外之意央求他……也對我這樣做……

「………………」

「………………」

我們都沒說話，只用氣氛，互相表達自己的意願。

最後，水斗也同樣有點不好意思地，伸手過來摟我的腰。手掌從背後繞過來輕輕放在側腹部上，略微加點力道把我摟向他。

……不要緊。

這點程度，一定，還不要緊。

儘管我只要姿勢歪掉那麼一點，水斗的手放置的位置就會錯開……有可能碰到胸部。

但那純粹只是意外，所以……不要緊……不要緊……

水斗的手，一點一點慢慢往上挪。

最後，它隔著衣服撫觸我的肋骨……然後，移向胸部隆起處的下緣——

「——啊。」

水斗忽然叫出聲來，我嚇得抖了一下。

「怎、怎麼了？」

「時間快到了……要延長嗎？」

被水斗注視著，我變得不知所措。

問我要不要延長……我也不知道啊。

如果我說要，你就會照做嗎？

延長了之後，要做什麼……？

「…………不要好了。」

我搖了搖頭。

「該回家了。媽媽她們也快回來了。」

「……也是。」

說完，水斗就鬆手放開我，開始收拾東西。

我悄悄嘆了一口氣。

反正在這裡，能做的事有限……在這裡的話。那要換成哪裡？

我輕輕搖頭，趕跑發熱的大腦中閃過的念頭。

整天想著這種事，我是從什麼時候變得這麼色的？

雖然……遲早有一天……當然會那樣。

但不是現在……也不是在這裡。

那會是在什麼時候？在哪裡？

不管過了多久，我都想不出這個疑問的答案。

趕在晚餐之前、媽媽他們回家前到家。

這是我們的約會規定。

雖然已經是三月，但白天還很短，天空幾乎已經拉下夜幕。等到進入夏天，天還很亮就得準備回家，我一定又會開始覺得眷戀吧。

即使回到家中我們還是可以在一起，可是做不了戀人。身為一家人的我們，不會牽手也不會接吻。也不會肩膀互相依靠。

我發現這件事一天比一天越來越讓我焦急。

唉，人的欲望真是無窮無盡。都已經這麼幸福了，一旦習慣之後又想要更多。

究竟要走到哪個階段，我才會心滿意足呢？

假如根本沒有終點，再也沒有比這更令人絕望的事了。假如無論是多麼令人朝思暮想的幸福，一旦到手就會變成理所當然，不再像之前想像的那般美好……

戀愛這件事，究竟內涵有多深？

它的內涵是否夠深厚，能夠發掘出足以讓人一輩子渴望的事物……？

「結果看半天，還是買了安全款。」

水斗低頭看著手上提的袋子說了。

「白色情人節的禮物。其實妳可以要更好的東西的，結果還是選了餅乾禮盒。」

「這樣也很好呀，可以在家裡光明正大地吃。」

只要水斗陪在我身邊，我就心滿意足了——

可惜我似乎沒那麼清心寡慾，能講出這樣的話來。

我們慢慢往前走，鬧區的霓虹燈在我們周圍起舞。

以往，我從未用心尋找過。

但是，仔細找找看，我想一定能找到一兩個。那種能讓我們不用躲著他人目光，成為大人的場所——不用再當家人的場所。

儘管兩個高中生要進入那種場所大有問題。

而且我還是學生會成員，問題就更嚴重了。

……可是，已經有個學姊真的這麼做了。

想到這點就覺得好像也沒多特別。會讓我忍不住心想，那就索性……

我在心裡，對著跟我手牽手走在一起的水斗呢喃：

——我問你。你會想……跟我做嗎？

之所以沒出聲，一定是因為，我覺得這樣問很卑鄙。

好像把決心交給水斗去下，自己想輕鬆偷懶，讓我感覺心裡很不踏實。

況且既然我都主動這麼問了……我的答案，已經再明確不過。

「……結女。」

忽然間，他用有些低沉的聲音叫我，我心跳漏了一拍。

「謝謝妳，今天很開心。」

什麼嘛，原來是說這個。我頓時放心了，換上微笑。

「這樣對高中生的玩樂方式，有初步了解了嗎？」

「這就難說了。如果只有我一個人，或是跟其他傢伙——例如伊佐奈或川波，可能不會是這種感想。」

水斗仰望夜幕垂下的天空。

「我本身是這種個性，所以永遠不會有什麼變化。但妳會代替我不斷改變，所以即使是像我這樣的人也不用擔心被拋下。這是我的感覺。」

「拋下？……你說被世界嗎？」

「要講得耍帥點的話。」

在昏暗的書房，獨自一人閱讀那本無人知曉的《西伯利亞的舞姬》落淚的男生——現在，說他因為有我，而不用擔心被世界……

「……那麼……」

我更加用力地握緊了牽著的手。

「你要好好抓住我喔，以免被我拋下。」

「好——我會的。」

我收回剛才說的話。

只要水斗陪在我身邊，我就心滿意足了。

至少我覺得短期間內，我還能這麼覺得。

——本來應該是這樣的，但事件就在我們到家後發生了。

「……嗄？」

「……咦？」

我們驚得當場呆住，看著眼前笑咪咪的媽媽跟峰秋叔叔。

原因如下。

「你們看嘛——我們的結婚紀念日就快到了呀。」

「我們想趁著春假，去一趟遲來的蜜月旅行。」

我們的雙親，用一種對我們寄予全副信賴的眼神說了。

「所以跟你們兩個說——我們大概會有三天不在家。」

「麻煩你們倆自己看家喔。」

伊理戶水斗◆男人的決心

在離家有一大段距離的超商門口，我毫無意義地左右張望。

直走到底是放飯糰的貨架，左轉是雜誌書架。這個平常對我來說只有這點認知的空間，唯獨今天有一個角落，散發出不容忽視的存在感。

想起國中時期——我為了同一個目的造訪藥局時，不知道那個放在哪裡，在寬敞的藥局店內繞了足足兩圈。

找到東西的位置後，我也沒拿起要買的商品，又浪費時間繞了店內三圈。現在回想起來真是形跡可疑，甚至懷疑當時店員可能已經盯著我這個順手牽羊嫌疑犯了。

這次，沒有上次那麼誇張。

我只繞了一圈。

我拿起並不想買的寶特瓶飲料，然後直接走向雜誌架。我隨便拿起一本漫畫雜誌，翻個

幾頁看都沒看內容就夾在腋下。

然後——

我用極其自然的動作，轉頭看向背後。

好幾個畫著白色口罩的盒子，闖進我的視野。我要的不是它。視線不斷往下移動。在視野中找了幾秒鐘，總算發現了它的存在。它藏在其他商品之間。用設計得頗為時尚的包裝，簡直好像自知不該暴露在眾人眼前似的，混入ＯＫ繃與濕紙巾等商品之間藏形匿影。

這個小盒子的包裝，只強調０．０１或０．０２之類的數值。唯有帶著確切目的站在這裡的人，才會察覺到這些數值代表的意義……

總之，我先花幾秒鐘看看放在架子上方的口罩。

然後下定決心，視線再次迅速流暢地向下移動，望向放在最下層的小盒子。

架上的幾個小盒子，只差在包裝上寫的數值，以及幾片裝的標示。上次我在藥局購買時，覺得價格一樣當然是越多越好所以買了十二片裝。

但是現在回想起來，那個判斷是否有待商榷？如果價格相同片數卻比較少，唯一的理由就是它的品質比較好。既然要用，選擇更好的品質也比較體貼對方不是嗎？

可是才三片就有點……單純計算起來就是貴了四倍，假如（我是說假如！）用完了就還得再來買。我如果一再回購，店員會不會記住我的臉？更糟的情況是萬一中途用完……

假如我們當下，欠缺正常的判斷力呢？想像的內容讓我渾身發冷。萬一發生那種狀況，搞不好會演變成無法挽回的局面。如果又要迴避這種風險，又要兼顧對對方的敬意與體貼，看來只有一個選擇了。我伸手去拿六片定價約一千圓的小盒子——

——真的有需要嗎？

即將碰到小盒子時，這樣的疑問閃過了腦海。

從明天起，老爸跟由仁阿姨會去旅遊。

長達兩天半的時間，家中只有我與結女二人。

所以我才心想說不定會用到。國中時期買的那個，大約在一年前，經過一次事件之後就從抽屜中消失了。

但是，真的會用到嗎？

上次準備的那次，結果不是完全白買了嗎？

——不。

我拿起了小盒子。

無論實際上會不會用到，我都必須準備著。

這代表我的決心，也是我的責任。

那種樂觀處事流於安逸的幼稚想法，我應該在國中就跟它告別了……

最後，我拿起了——保險套的盒子，藏進夾在腋下的雜誌內側。

我還沒有足夠的決心，能把它光明正大地拿去結帳。

伊理戶結女◆女生的決心

……還是買了。

我在自己的房間，把一套新衣服在床上攤開。

說是衣服，平常並不需要這樣細心挑選款式。因為不會穿給別人看。當然款式可愛會讓自己興奮雀躍，但那只是自己看了開心，至少到目前為止，我從來沒有機會穿著它在別人面前獻寶自娛。

也就是性感內衣。

不只是內衣，它就是性感內衣。看到這成套的胸罩與內褲，一百個人當中一定一百個人都會說，這是性感內衣。

這套以平常我幾乎不穿的黑色為基調的內衣，點綴著繁複的花朵刺繡。如果只有這樣，那還能說只是看似有點價碼的內衣，但構成罩杯上半部與內褲側邊的透明蕾絲，造就它成為了性感內衣。

這些隱約顯現出底下膚色的部分，顯然不只是用來提升穿著者的心情。是為了讓藏在底下的裸體蠱惑人心地小露一點，宛如食蟲植物般引誘獵物——沒錯，就是用來穿給異性看的。

人們稱它為決勝內衣。

我早在很久以前，就想過可能會用到了——畢竟我跟水斗住在同一個家裡，難保哪天媽媽他們會正好不在，那種氣氛就忽然來了也說不定。可是，特地準備這種東西又好像我心有期待似的很害羞，學生會也很忙所以就先算了——於是就這麼拖到今天。

結果簡直像是跟我宣告截稿日到來似的，媽媽他們決定要去旅遊了。

也只能……買了。

想到現在退縮說不定會後悔一輩子，我只能告訴自己：「就、就先買起來再說吧！」不過我從很久以前就在反覆推敲要買哪種款式，所以到了性感內衣店意外地並沒有猶豫太久。隔著衣服試穿時，它的成熟魅力還讓我暗自雀躍了一下。

如今興奮情緒退燒——未曾有過的不安感受籠罩著我。

這件服裝放在這裡，就表示……

我近期之內，就會發生那種事了，對吧？

這女的在胡說什麼啊，不然準備這個是要幹嘛？我彷彿能聽見這種大道理從某處傳來。可是，可是，當事情忽然化為物質形態顯現出預兆，就好像頓時讓事情失去了真實感。「咦？這是真的嗎？不是我在妄想？」這種現實逃避的念頭一發不可收拾。

根據風聞的小道消息，我似乎是「學生會的清純擔當」。

附帶一提，紅會長似乎是酷妹擔當，亞霜學姊是小心機擔當，明日葉院同學則是傲嬌擔當（你們明明就沒看過她嬌羞的反應）。雖然只是無聊的謠言，但又很難忽視旁人對我的觀感，使我忍不住隨時留意自己的言行舉止是否稱得上清純。

而這樣的我——終於要……？

「…………………」

全身上下驟然漲滿緊張感，我渾身打起哆嗦。

不不，不不不不。想太多，少臭美了。媽媽他們不在家又不是第一次了，從來也沒發生過什麼啊。

像這種性感內衣——不，有一套這樣的內衣也不會怎樣。雖然還沒決定用途，總之放著也不會怎樣。就只是這樣而已，沒其他意義了。既然已經釐清了，就把這套內衣整齊摺好收進衣櫃裡吧。目前就先這樣。

黑色透明內衣從視野裡消失，稍微緩解了我的緊張感。真受不了我自己。媽媽他們都還

在家裡耶，我這樣會讓他們起疑的。照常過日子就對了。畢竟從我們成為一家人到現在，已經一年了——整整當了一年正常的一家人。

我一邊想著這些事一邊下到一樓……

「我回來了。」

正好這時，水斗也走進家門。

「啊……你回來了。」

「嗯。」

我勉強保持平常心打招呼，水斗輕輕點頭，從我身旁走過。

這時，水斗夾在腋下的東西，引起了我的注意。

……漫畫雜誌？

他平常，從來不會買這種刊物帶回家——

這個疑問，讓我注意到了那個東西。

水斗的大衣口袋裡，裝了某個東西。

從稍微鼓起的袋口露出的，是包裝設計有點眼熟的——一個小盒子。

——那是……

——大約，在一年前。

——我扔進垃圾袋裡的……

「……………………」

心臟的悸動，在耳朵深處爆發。

這樣啊。

這樣啊。

——真的要做了。

伊理戶水斗◆第一天・其1

「那我們出門嘍～」

「路上小心。祝你們玩得開心喔。」

「水斗，有什麼事儘管聯絡沒關係。」

「沒事啦，爸你別擔心。」

老爸與由仁阿姨又說了一遍「那我們走嘍——」然後走出玄關，我與結女一同送他們出門。

啪答一聲，大門關上。

說話聲與腳步聲逐漸遠去，最後再也聽不見了，結女才慢慢放下輕輕揮動的手。

「…………………」

「…………………」

玄關充斥著彷彿被虎鉗漸漸壓緊的沉默。

從今天起足足兩天以上，我們要在這個家裡就兩個人一起度過。

沒有任何旁人的目光。

完全不用提防講話被聽見，或是待在一起被人看見。想做什麼都可以——

——也絕不可能發生做到一半險些被老爸他們發現，急忙中斷的狀況。

不管油門踩得多大，都不會有人來喊停——

「…………………」

「…………………」

地板發出嘰嘰擠壓聲。

大概是結女把體重壓在一隻腳上，發出的聲響。

可見我的五感已經變得過於敏感，連這點聲響都好像大到在四面迴盪。

……我該……做什麼？

明明都已經一起生活了一年，我卻不知道現在該做什麼。

總之，這種沉默很危險。拖得越久就會被綁得越牢，讓人更加手足無措——

「——我說啊。」

我好不容易才開口說話的瞬間……

更衣室那邊傳來喀的一聲，使我們肩膀微微跳動了一下。

我想應該是……洗衣機運轉行程結束，安全鎖解除的聲音。

「我……我！」

結女顯得很焦急，聲音破音地說。

「我去……摺洗好的衣物。」

然後就逃也似的，快步走進更衣室去了。

與其說逃也似的——倒不如說……

被她逃了？

看著結女的背影消失在更衣室的門後方，我心想：

恐怕不用懷疑……她對我有戒心，對吧？

伊理戶結女◆第一天・其2

「我說啊……」

「抱、抱歉！現在有點忙！」

「現在方便嗎？」

「啊……我、我去買東西！」

「喂。」

「啊——！有電話——！」

……我忍不住要逃離他。

難得就我們兩個人，我卻忍不住要逃開。

明明原本有很多想試試看的事情，可是他一跟我說話就讓我緊張到承受不住，忍不住要逃開。

現在還是大白天，其實我也知道不會忽然就發展成那種狀況……但只要想到今晚一定會那樣，我就滿腦子都想著那件事……

這樣下去行嗎？到了晚上水斗真的會來找我嗎？可是他會怎麼做？用什麼方式？

連短短半天後的狀況我都無法想像，不安的心情無限膨脹。

……其實想這些，說不定都只是杞人憂天。就只是我又像平常那樣自我意識過剩，想太多罷了。況且昨天看見的那個小盒子，就只是從口袋的窄口露出一點點，也有可能是某種零食或其他東西的盒子——

「我說啊。」

就在負面思維反而幫助我鎮定下來時，水斗過來跟在客廳滑手機的我說話。

好，這次我不會再逃避了。只要鎮定地像平常那樣跟他說話就好。

「什麼事？」

對，這樣就對了。照正常方式就行了。又不是已經確定今晚一定會發生什麼——

「——妳知道……指甲刀放在哪裡嗎？」

指甲刀？

也不知道為什麼，這個名詞卡在我的心裡，但我當下沒想到是什麼讓我覺得不對勁。

「指甲刀的話，記得應該……」

我打開房門旁邊的小櫃子，找到指甲刀後說「來」拿給了水斗。

「謝謝。」

水斗接過去時，我看到了他的手。

雖然只有短短一瞬間，但我發現到了。

——指甲……看起來沒有很長啊。

他平常總是嫌麻煩，都是長到滿長的才剪……

還來不及思考，心臟先漏了一拍。

——先把……指甲剪短。

我懂了。

說起來……好像也有……這一道準備工夫。

「那、那個……」

我忍不住叫住轉過身去的水斗。

「指甲刀……用完了借我。」

我沒有誤會。

不是自我意識過剩。

伊理戶水斗◆第一天・其3

我佯裝平靜專心看書，看著看著天就黑了。

今天沒有由仁阿姨像平常那樣喜孜孜地幫我們煮晚飯。我想到自己今天一整天心神不寧，都沒有跟結女討論要吃什麼，於是下到一樓。

打開客廳的門，正好聽到冰箱門輕輕關上的「砰」一聲。

「……啊。」

結女在廚房裡，轉頭看我。

手裡抱著幾種蔬菜、豆腐及冷凍食品等等。

我走向廚房，結女一面把抱在懷裡的食材放到流理台旁邊，一面說：

「那個……我想來煮晚飯……說歸說，其實也就是煮個味噌湯……」

「……白飯呢？」

「啊……已經在煮了。」

我一面看向保溫狀態的電鍋，一面站到結女身旁。

「我來幫妳。」

「啊……謝謝。」

「我也要吃，這是應該的。」

經過這一年，結女的廚藝已經變得跟我差不多了。雖然交給她弄不會有問題，但這種時候全部丟給她做感覺好像很大男人主義，會讓我不太自在。

我站到結女身邊，有一段時間只是默默地弄菜。

然後把煮好的味噌湯、沙拉與冷凍漢堡排端到餐桌上，讓結女幫我盛飯，在餐桌旁坐下。

結女也脫掉規規矩矩地穿著的圍裙，掛在平常由仁阿姨坐的那把椅子的椅背上，然後在我的正對面坐下。

「我開動了。」

看著結女很有禮貌地雙手合十，我也拿起了筷子。

有一段時間，只聽得見餐具互相碰撞的叮噹聲。

……沉默真讓人難受。

就連基本上不怕沉默的我，唯獨今天也覺得坐立難安。因為一旦這頓飯吃完，洗過澡，然後就要——本來以為到了晚上就會下定決心，誰知道竟然沒有半點那種感覺。

我拿起遙控器，打開了電視。平常很少看的綜藝節目歡快的氣氛，彷彿鼓舞了我的心情。

「……問你喔。」

也許是ＢＧＭ帶來了效果，結女有所顧慮地開口。

「明天……你有計畫嗎？」

「……不，沒有。」

「這樣啊……」

「……妳呢？」

「我也……沒有。」

「是喔……」

「…………………」

「…………………」

聊不下去。

我們平常在家裡，本來就不會常常聊天。真要說的話，讀國中還在交往的時候就是這樣了。所以即使我們現在完全聊不起來，照理來講也不是什麼異常狀況，但不知為何唯獨今天就是讓人喘不過氣。

沒有對話，吃得也就特別快。

漢堡排與白飯都在轉眼間一掃而空，填飽了肚子。這下子就沒有正當理由可以繼續坐在一起了。

先吃完的我，試著洗碗盡量洗慢一點做最後掙扎，但還是有所限度。
「那就……」
看到結女稍後把吃完的碗盤拿來廚房，我差點跟她道晚安。
但隨後我用無意義的「啊——」拖戲，然後說：
「要不要……我先洗一下浴室？」
「啊，嗯……拜託你了。」
我點個頭，離開結女身邊，走出客廳。
……這樣下去，行嗎？

伊理戶結女◆第一天・其4

「……唉～」
把肩膀以下泡在有點燙的熱水裡，我朝著天花板呼出帶有倦意的嘆氣。
明明沒做什麼，卻緊張了一整天……搞不好比考試當天還緊張。
可是，接下來才是最重要的部分。

用熱水放鬆緊張的身體，我從浴缸裡起來，站到鏡子前面。

我用手擦擦起霧的鏡子。然後重新檢查從霧面空隙之間，窺見部分的自身裸體。

應該……沒問題吧？

小腹周圍沒有贅肉，也沒留下內褲壓痕之類——沒枉費我為了這天仔細保養。

……再來就是……

我低頭看看位於自己下巴以下的弧線形隆起部位。

其實這一年來，它有變大一點。

以胸罩的罩杯尺寸來說，一年前大約是C～D，現在則大多都穿E罩杯款式。上胸圍也是，學年剛開始時測量是81公分，上次在性感內衣店幫我測量，竟然已經85公分了。雖然跟東頭同學震撼性十足的98公分相比還算普通，但店員說我的下胸圍比較細，還說真羨慕我。

大概以世間一般標準而論相當不錯……我覺得啦……

……可是身邊又是H罩杯又是F60的，一比較就……

只見鏡中一個女人，板著一張臉，搓揉自己的胸部。

這世界是不是在拒絕讓我擁有自信？以我這種身材本來應該可以跩個二五八萬才對，卻因為身邊其他人太脫離常軌，讓我跩不起來……而且那兩個異常魔鬼身材的女生現在卻最沒

有要交到男朋友的跡象，說來也真是諷刺。

水斗都已經看習慣東頭同學那副身材了，我這個身體有辦法跟她抗衡嗎……恐怕很難吧……？大概是很難了……

做完白費力氣的豐胸按摩，我用洗澡巾沾沐浴乳把身體每個角落仔細搓洗了一遍。我有我的優點，只能這樣相信了。

然後我花時間把頭髮仔細洗乾淨，「……好。」自言自語著關掉蓮蓬頭。

今晚……我終於要步入成人的階段了。

兩年前沒完成的事，終於可以做到最後了。

我已經下定了決心。

好，來吧！

「…………………」

怦咚怦咚。

我用吹風機吹乾頭髮。

「…………………」

怦咚怦咚。

水斗洗完澡出來了。

「…………」

怦咚怦咚。

我們在房間門口道晚安。

「…………」

怦咚怦咚。

我用鬆軟的棉被把自己裹起來。

「…………」

奇怪——？

我用失眠充血的眼睛仰望著黑漆漆的天花板，疑問在心中爆發。

怎麼什麼事都沒發生就上床睡覺了？奇怪？怎麼會？怎麼會這樣？

不是今天嗎？今天還沒有要放下學生會清純擔當的招牌嗎？我還以為只要夜深了就會出現不言而喻的暗號，不用特別說什麼就會自然而然被他推倒的說！

……嗯？

不言而喻？不用特別說什麼？自然而然？

毫無具體性。

我懂了，我懂了，原來是這樣啊。我真笨，竟然連這都沒想到。

如果是普通情侶，只要待在同一個房間裡，就已經構成了某種程度的共識。

如果是同居情侶，大多數都已經有過那種經驗，所以應該會有那種時候的固定暗號。

但我與水斗，兩者皆無。

住在一起是理所當然，但卻沒有相關經驗，也沒有固定的像樣暗號——處於什麼時候都能開始的狀況，反而讓我們不知道該何時開始。

沒錯。

我們——少了互相暗示時機的方法！

只能僵持到其中一方說「我想做色色的事」為止！

伊理戶水斗◆第二天・其0

懷抱著汙泥般頑強緊黏的睏意，我迎接了早晨。

……什麼……都沒發生。

既沒有營造出浪漫旖旎的氣氛。

也完全沒發生結女跑來夜襲我之類的事件。

當然了。

不可能因為住在一起，爸媽又不在，就自動演變成那種狀況。

必須主動示意才行。

不然，就是必須讓對方示意。

否則什麼都不可能發生。

可是——沒錯。

這是不言自明的道理。

——主動開口說「我想要親熱」太難為情了。

可以的話……

對，我是說可以的話。

如果她願意散發出那種氛圍——給我一個ＯＫ信號，我也比較容易配合。

少了這個會顯得我很猴急，也等於是肯定了那傢伙平常愛講我的「悶騷色狼」此一誹謗

中傷。

也就是說——

伊理戶結女◆第二天・其0

——主動提起就輸了。

我在洗臉台仔細手洗決勝內衣的同時，總算第一次弄懂了遊戲規則。

賭上清純擔當的尊嚴，我不能主動提起。那樣太害羞了。

因此，我必須引誘那男的開口——讓他說出「我想做色色的事！」

這就是那種遊戲。

人生當中唯一的一次初體驗，過程中會是誰占優勢？

不難料到將會影響今後一輩子的戰爭，已經！開始了——！

伊理戶水斗◆第二天・其1

脫下睡衣換上居家服後，我一步一步踏緊地板，走下階梯。

踏出的每一步，都暗藏著我的決心。

從以前到現在，我們已經鬧過無數次沒意義的彆扭。最好的例子就是「兄弟姊妹規定」這種讓人無言的誰是老大遊戲，千方百計想證明自己沒那個意思，對方才是有非分之想，然後把證據攤在光天化日之下試圖獲得優越感；我們就這樣在一個屋簷下，反覆進行了多次毫無生產性的爭論。

這次，將會是最後一場戰爭。

今晚，我們終於即將拿掉理所當然地區隔一對男女的壁壘——這件事的功勞歸誰，結果將會預言我們今後的命運。

從國中時期開始，我自認總是超前結女一步。

誰知如今，她是學生會成員，我則是一介學生——然而，我必須讓她明白，這些職稱頭銜不具有任何意義。必須清楚地跟她講明，我還沒有要步妳後塵的打算。

我必須證明——妳的男朋友，仍然打算繼續當妳崇拜的對象。

因此，我不會輕易表現出我的慾望。

不會讓一生只有一次的回憶——被稱為年輕時的過錯。

我帶著氣勢，把嵌有毛玻璃的拉門往旁推開。

在這早上與中午之間不上不下的時段，結女這個乖寶寶早就已經起床，在沙發上看書。

她一注意到我就抬起頭來，

「早安。」

簡短說完這句話後，眼睛又回到書頁上。

我也回答：「……早安。」然後走向廚房。我拿出兩片吐司，放進烤麵包機裡。時間訂五分鐘。

我趁這段空檔從冰箱拿水出來潤喉，同時側眼觀察結女的神情。

看她一臉假正經的表情……一點都不懂我的心情。

烤麵包機發出「叮——」的一聲，我把兩片吐司放到盤子上，端到飯廳。然後從冰箱拿奶油過來。

我把奶油塗在金黃色的吐司上，一口咬下去。

同時，另一隻手開始滑手機。來檢查一下伊佐奈的帳號吧。

就這樣過了一會兒後，

「欸。」

從沙發那邊，忽然對我冒出這麼個聲音。

「嗯？」

我邊回問邊看過去，只見結女轉過身來，把臉朝向了我。

「今晚，怎麼辦？」

我心跳漏了一拍。

她說今晚……是要……

「晚飯。」

接下來的這句話，讓緊張感頓時消散。

什麼嘛，原來是問晚餐……

「都可以啊……自己煮也行，叫外送也行。老爸有給我飯錢。」

「那就自己煮好了。」

「幹嘛這麼特地？」

「難得嘛。」

「就這個理由？」

「難得叫外送，只有我跟你兩個人又沒有派對感。」

是這個「難得」啊。

「很麻煩耶……」

「可以丟給我做沒關係呀。」

「我還不太放心。」

「這麼不信任我啊。」

我可不想在這麼重要的日子用腹痛作結。

「那麼，晚點去買菜吧？」

「家裡沒菜了？」

「有，可是不知道能煮什麼。」

「咖哩或炒飯的話總能生得出來吧。」

「不要！好像獨居的男生在吃的。」

「不懂妳在虛榮什麼……」

「希望你懂得稱讚一下可愛女友的向上心。」

看到結女不服氣地噘著嘴唇，我嗤之以鼻。

「好吧，可以。」

「嗯？」

「我去當妳的搬運工兼顧問。」

「就看你這副高手架子還能擺多久吧。」

說完這句話，結女的眼睛就轉回去看手上的書了。

我不久也吃完了吐司，沒有理由繼續留在客廳。

……反應也太正常了吧。

這傢伙……到底知不知道現在是什麼狀況？

伊理戶結女◆第二天・其2

我占有一項優勢。

前天，我確實目睹到水斗的口袋裡，藏了保險套。但是！水斗對我的目擊事實毫不知情。

也就是說——從水斗的角度來看，無法判定我今天有沒有那種決心。

只有我單方面知道，他滿腦子在想著這件事。在這種情形之下，比方說就算我表現出意有所指的態度，只要同時穿插沒那個意思的態度，他很有可能不會發現我在勾引他！我可以徹底假裝天真無邪，來讓水斗心猿意馬。

一邊讓水斗產生那種意願，一邊又不用變成是我主動提起。

有這麼大一個優勢等於是勝券在握——我要徹底活用它，花一天時間引誘水斗。
等入夜之後就一鼓作氣進攻，一口氣攻陷他！這就是必勝的棋步！

伊理戶水斗◆第二天・其3

一味躲在房間裡不是辦法，於是我找個藉口下到一樓的客廳。
結女總是待在客廳裡，好像等著我上門似的，但我沒什麼話要跟她說所以立刻掉頭回房間。這樣搞得好像是我鎩羽而歸一樣，導致我的自尊心開始有點受創。
到了差不多下午三點，我覺得有點小餓，於是拿這當理由下到一樓。午餐我們下烏龍麵吃，看來似乎太好消化了。希望可以找到一點零嘴。
結女果然還在客廳。早上看的那本書可能已經看完了，她開著電視滑手機。完全成了客廳的主人。
我打開櫥櫃找零食時，眼角餘光瞄到結女轉過頭來看我。
「要吃餅乾嗎？」
轉頭一看，沙發前面的桌上放了一盤餅乾。

「怎麼會有這個？」

「情人節的時候，順便跟曉月同學學的。」

「妳自己做的？」

還真會做些女孩子氣的事情。

結女苦笑著說：

「平常做這些媽媽會鬧我嘛。」

「喔，的確……」

當子女開始做一些平常不做的事情時，做父母的總是會毫不客氣地跑來問東問西。我國中時期沒跟老爸說交到女朋友的事，有一部分也是怕被追問很難為情。

櫥櫃裡沒找到什麼能吃的。我看還是老老實實接受她的款待吧。

看我往沙發這邊走來，結女稍微往旁讓出一點空間給我。

我老實地在空出的位置坐下，

「……嗯？」

就在這時，放在口袋裡的手機震動了。

拿出來一看，來電畫面顯示著熟悉的名字——東頭伊佐奈。我按下接聽鈕，把手機放到耳邊。

「是我，怎麼了？」

『喂喂～？有點事想跟你商量一下～』

「什麼事？」

記得愚人節用的插畫已經完成了，現在應該正在畫跟節慶活動無關的插畫……伊佐奈每次一本正經地找我商量，通常都不是什麼好事。

『乳頭會激凸耶。』

「我就知道。」

『我不是在說我自己喔！』

「知道啦。然後呢？」

我保持耐性，聽她講這種我一個外行人只覺得其中有詐的話題。

話講到一半……

結女忽然從旁靠到我身上來。

「…………？」

『水斗同學？』

「啊，沒有……沒什麼。」

結女就像在電車裡打瞌睡的人那樣把頭靠到我的肩膀上，我沒轉頭，只是瞥一眼她的臉寵。

結女用像是有所訴求的眼神注視著我。

想要我陪她嗎……？可是我正在跟伊佐奈通話啊。又不是工作中跑來打擾的貓。

『所以我的意思是，這個女生在家裡是不穿胸罩的！』

我用單耳聽著伊佐奈熱情的演說，動動嘴巴不出聲對結女說「先別靠著我」。然而結女同樣也用唇語說「不・要」，開始撒嬌地摩擦我的手背。

是因為通話對象是伊佐奈嗎……還是說，因為是今天？

『現在我的內心，正在追求只存在於幻想中，庫珀氏韌帶擁有無限耐久力的美少女！為此我必須低調地！但是清楚明白地！表現出她沒穿胸罩！』

「就跟妳說，用肩帶的有無就能……」

『少囉嗦！讓我畫乳頭！』

「結果還不就是這個？」

我一邊講手機，一邊用一隻手隨便應付結女。

應付了一會兒……狀況接著進入了第二階段。

像是從肩膀往下滑落般，結女輕盈地往下滾，躺到了我的大腿上。

我低頭看著正好變成膝枕姿勢的結女，只見她淘氣而別有用心地咧起了嘴角。

『我想跟乳頭激凸的女生卿卿我我啦！叫自己不要去注意眼睛卻無論如何就是往乳頭飄去，我這輩子就是想當那樣的男生啦！像我這樣的全年齡向繪師偶爾畫的乳頭自有它的價值啦！』

不要乳頭乳頭的講不停啦，在這種狀況下。

我偷看大腿上結女的表情想知道有沒有被她聽見，這時結女轉個身，把手伸向桌子。她從盤中拿起一片餅乾，靠近我的嘴邊。

——啊～

結女一邊對我這樣唇語，一邊還笑嘻嘻的。我看就算我不理她，她也不會罷手吧。

不得已我稍稍張嘴，餅乾隨即塞了進來。好甜。雖然口感稍硬，但味道算及格。我嘎吱嘎吱地咀嚼。

『……你是不是在吃東西？』

「抱歉，手邊有餅乾就吃了。」

『人家在跟你講正經的耶！』

好吧，這以伊佐奈的標準來說大概算是正經事，想想是有點不好意思。要是看到手機的另一頭這幅只能說是在調情的場面，伊佐奈肯定會更氣。還會說「都沒想過我只能用妄想滿足自己！」之類的。

不過，此時的結女當然不是伊佐奈所描述的那種無防備系女子。

上身是在家中常穿的露肩針織上衣，下身是百褶短裙。腿上套著熟悉的黑色褲襪。雖然是在家裡，但在目前尚有寒意的季節，大概也只有伊佐奈本人能穿得像她自己說的那樣了。

結女不停地從盤子裡拿餅乾，送到我嘴邊。我一邊讓她繼續餵，一邊對放著不管可能會無限放送妄想內容——更正，是發揮想像力的伊佐奈說：

「好吧，我准。前提是要畫得夠低調。」

『真的嗎！』

「畢竟如果品牌管理太偏向全年齡，將來有可能妨礙到妳畫想畫的內容——只是，必須控制在不會嚇跑女性粉絲的範圍內。」

『包在我身上！我好歹在生物學上也是女生嘛！』

「就是這樣我才擔心好嗎？」

『草圖畫好再傳給你喔！』伊佐奈說完這句話，就結束了通話。

我這才把手機從耳朵邊拿開，然後瞪著照樣躺在我大腿上的女人。

「喂。」

「沒穿幫嗎？」

結女輕聲笑個不停。就好像在說穿幫也無所謂似的。

「要是穿幫了妳打算怎麼辦？」

「不怎麼辦呀。反正我們在交往。」

「可是，我們好歹是在講正事——」

「——不是啊，因為……」

結女在我的大腿上翻個身，把鼻尖埋進我的腹部。

「我偶爾也想……像東頭同學那樣，跟你膩在一起嘛。」

她這種溫順可愛的任性要求，使我胸口深處失去冷靜。

這種感覺我知道。國中時期的我，就是完全敗給了這種所謂「好萌」、「好尊」或是惹人疼的感覺。

現在的我，比起那時彆扭了一點點。

我沒誠實表現出這份感情，用手指輕輕掬起結女的一綹髮絲，小聲嘀咕：

「最近比較沒有膩在一起了。」

「但是以前有。」

「有很誇張嗎？」

「之前坐在這裡看電影時，你讓東頭同學躺你的大腿……」

「對喔……」

「那時候的氣氛，已經誇張到就算你忽然開始摸起東頭同學的胸部，好像也很正常似的。」

「我要是那樣做，那傢伙就真的會生氣了。」

只是她有可能會說「要摸請先講一聲」就是。

結女側眼往上輕瞥了我的臉一眼後，又翻過身來換了個姿勢。

變成仰躺。

就像投降的狗狗那樣——張開雙臂。

「……我……不會生氣啊……」

那種姿勢，就好像將撐起針織上衣的雙峰任由我處置，使我一時之間停止呼吸。

這——難道說……

那一刻，終於到來了嗎？

不，可是，現在還是白天耶？不不不，雖然也沒有哪條法律規定只有晚上才能做那件事。

……大約在一年前。

我想起同住生活剛剛開始時——結女曾經圍著一條浴巾來逗弄我。

那時我們都一不小心腦袋當機，差點就在現在這張沙發上，越過不該越過的界線。

假如那時候，由仁阿姨沒有剛剛好回來，我們就那樣接吻了的話——恐怕，就沒有現在的我們了。

「……少來了。」

我再次延後處理。

「妳會生氣——說我不會看時間與場合什麼的。」

結女注視著我的眼睛半晌後，忽然露出了微笑。

「是沒錯。被發現了？」

「我還不了解妳嗎？住在一起都一年了。」

「你說得對，已經一年了呢——」

結女嘿咻一聲，撐起了上半身。

她用手梳理躺亂的頭髮，直接從沙發上站起來。

「差不多該去買菜了吧？」

「也是……超市人會很多。」

我也站起來，說：「我去拿大衣。」走出了客廳。

目前還不確定剛才的只是玩笑話，還是說認真的。

但是——我確認了一件事。

——只要懂得看時間與場合，就可以吧？

伊理戶結女◆第二天・其4

「要煮什麼？」
「咖哩或炒飯吧。」
「你該不會就只會這兩種吧？」
「只是因為這兩種最輕鬆。花一堆時間煮菜多沒意義啊。」
「好吧，我懂你的意思。」
「那妳呢？」
「嗯……蛋包飯之類的怎麼樣？」
「還真老套……」
「什麼叫做老套啊。」
「好吧，最慘也就是變成番茄醬炒飯嘛。」
「不要講得好像我蛋皮一定會包失敗好嗎？」

我們一邊開會討論，一邊在超市裡走走看看。

不會再像一年前那樣緊張兮兮。純粹只當成家事的一部分。

當時的我看不起國中時期的自己，假裝自己很成熟，但現在想想其實還青澀得很。我一邊回憶失去的事物，一邊跟他來到肉品區。

「啊。」

水斗停下來看著肉類，說：

「豬肉啊……煮個薑燒豬肉也不錯。」

「啊——……是很好吃沒錯，可是……」

「怎麼了？」

……吃薑會不會讓口氣不好聞？

讓第一次的回憶被咖哩或是薑侵蝕，恐怕有欠妥當——雖然要計較的話，蛋包飯的番茄醬大概也一樣。也許刷個牙就可以去味了？

「等……等我一下。」

我假裝收到通知拿出手機，轉身背對水斗。

搜尋「薑燒豬肉 口臭」……

我看看？生薑有助於減輕口臭……咦？正好相反？

「不好意思！剛才有人傳訊息給我。」

我一邊把手機收好，一邊轉向水斗。

「不用回電嗎？」

「啊，不用，不是急事——所以，剛剛說要煮薑燒豬肉？可以啊。」

「那就買豬肉了喔。」

「嗯。」

沒想到反而是正適合今天吃的料理……真的只是巧合？這男的該不會是心知肚明，才這樣提議的吧……

把兩人份的豬肉放進購物籃，水斗望向蔬菜區。

「家裡有高麗菜嗎？」

「啊——……好像沒有。」

「薑的話記得有軟管的。」

水斗一手拎著購物籃，效率極佳地在超市選購東西。

全部都是早就算好的？為了晚上一步步做準備……？所以真正的主菜不是豬肉，而是我嗎！

不不，水斗應該不知道我的心思……從他的個性來想，也不可能用這麼直接的方式跟我示愛。可是，他心裡一定有在想。或者是期待那種事發生的可能性，以此為前提決定晚餐的菜色。大概，應該……

買好需要的東西，我們離開了超市。

沒有買很多東西。不需要經過討論，水斗就幫忙拿東西了。

天空已經迎來傍晚時分，不久即將入夜。將成為一輩子回憶的夜晚就要來臨……

我一邊感受緩緩升高的緊張心情，一邊與水斗用相同的步伐慢慢往前走。

沒有特別爭強好勝，委身於最自然的沉默，我感受著身旁家人的存在。

「……總覺得，好像很久沒這樣了。」

不久，我隨口小聲說了一句。

水斗的臉，稍稍轉向我這邊。

「好久沒有度過這麼悠閒的時光了……」

「……畢竟妳最近有太多事要忙了。」

「是呀……」

又是同住又是上高中，我一邊試著適應新生活，一邊努力維持成績。

進入第二學期之後，又當上文化祭執行委員，認識了紅會長。

接著加入學生會之後，又是一連串需要學習的事情……跟各個社團、委員會談判交涉，然後籌辦學校活動——還去了一趟旅遊。

後來，我在進入新年的同時與水斗復合——花了好多心思瞞著媽媽還有學校同學跟他交往。

「雖然忙碌的生活，也滿新鮮好玩的……」

我直到讀國中，都沒有這些體驗。

以前我能做的事有限，世界被切割成一小塊……

「但是偶爾，還是會想要這樣的時間呢……」

任何事情，都需要所謂的精力。

過去，我曾經夢想度過充實忙碌的校園生活。但實際上一試，有些時候還是會感到疲倦。

在這種時候，我覺得有人能夠陪我一起暫時遠離世間的時間流逝，是非常幸福、幸運的一件事。

我想，我的人生應該是美滿到無可挑剔。

過去我曾經對自己的存在感到失望。別人都會的事情我不會，讓我一直很煩惱要怎麼做才能活得達到一般人的水準。

可是，自從遇見水斗的那一瞬間，一切都不同了。

就算有人說我目光狹隘，那也沒辦法。因為這的確是事實。如果不是認識了水斗，我不會想到要改變自己，也不會試著在上高中時改頭換面。戀愛對我人生造成的改變大到我都覺得害羞，而且也造就了現在的我。

而事情之所以能像這樣有好的發展，是因為我喜歡的是水斗。是因為現在，像這樣走在身邊陪著我的，是水斗——

「欸。」

我叫了他一聲。

沒等他答話。

我逕自伸手過去，溜進水斗的一隻手裡跟它合握。

肩膀依偎過去，感受他的體溫。

「怎麼了？」

「不可以嗎？」

不要緊，不要緊。

我的決心沒被發現。這只是可愛女友的可愛肢體接觸——

——不，我想……

就連這種防線——這種互不相讓——

對我們來說，都只是肢體接觸……

大概就跟熱身運動沒兩樣。

替摧毀最後那一道牆——做熱身。

「……………」

「……………」

到家之前，我們再也沒有交談。

我聽見的，只有加快的心跳聲。

伊理戶水斗◆第二天・其5

晚餐順利結束。

薑燒豬肉沒有失敗，把高麗菜切絲時也沒有弄傷手指。吃飯時也沒有令人尷尬的沉默氣氛，我們聊了最近在看的書，以及從四月開始的新學期。

「浴室先給你用。」

「可以嗎？」

「我會比較花時間。」

我把肩膀以下泡進浴缸裡，「呼──……」呼出細長的一口氣。

「……好。」

喃喃自語後，我比平常更用心地把身體洗乾淨，換結女用浴室。

然後我上到二樓，開始做準備。

伊理戶結女◆第二天・其6

洗完澡出來，我先用浴巾裹起身體把頭髮弄乾。

做好了充分的準備，我拿起帶到更衣室來的替換衣物。

昨天穿過但計畫落空，早上洗好晾在房間裡的決勝內衣，勉強算是乾了。

為了這天準備的性感情趣內衣──感覺有點不合我的個性，本來還在猶豫要不要換成平常那種（只是稍微可愛一點的）內衣，但最後還是決定尊重我買下它時的決心。

我細心地把腋前的肉塞進胸罩罩杯裡。雖然這樣沒資格講亞霜學姊什麼，但這點虛榮心算是女生必備吧。

檢查過自己穿起內衣的模樣後，外面再穿上平時那種睡衣。

「……好。」

喃喃自語後，我把平時會綁起來的頭髮披散著，走出更衣室。

然後在客廳，與水斗面對面。

伊理戶水斗◆第二天・其7

結女洗完澡出來，我瞥了她一眼。

結女也沒說什麼，過來我坐著的沙發坐下。

彼此之間，差不多隔了一個人的距離。

就在伸手可及之處，但不伸出手，就很遙遠。

「…………」

「…………」

這次的沉默，並不讓我覺得尷尬。

硬要形容的話……我想……應該稱之為「羞赧」。

一種讓人心癢難受，緊張與安心交雜的沉默，瀰漫在我倆之間……

「…………………」

「…………………」

我——把手放了過去。

把自己的左手，放在我與結女之間，正好差不多在椅面中間的位置。

有些事情必須說了才知道。

製造時機並不容易。

但是，我感覺時機已經成熟了。

我的這隻手，就放在必須說了才知道的事情，以及不言而喻的事情之間。

我相信——我們之間有著這樣的信賴關係。

伊理戶結女◆第二天・其8

我——把手放了上去。

像要蓋住水斗放在沙發上的那隻手。

我只讓指尖輕輕使力握它一下，水斗慢慢轉過來看我。

我露出淺淺微笑，小聲呢喃：

「——是我贏了。」

因為名符其實地——是水斗先出手的。

水斗意味深長地笑了笑。

「妳不是說——要懂得看時間與場合嗎？」

「……啊。」

什麼嘛。

原來，我……早就露餡了。

「……你要當哥哥嗎？」

「什麼意思？」

「規定。」

「喔……」

我牴觸了一年前，立下的規定。

「不用了啦。」

「為什麼？」

「這一刻，我們不是家人。」

……原來如此，說得對。

水斗回握我的手，不發出一點聲響，從沙發上站了起來。

我也跟著站起來。

「……你，會緊張嗎？」

「會。」

水斗答得很快，臉上卻掛著柔和的微笑。

「但沒有向我告白時的妳那麼緊張。」

「……那麼久以前的事，快點忘掉啦。」

我用空著的手，輕捶水斗的胸膛。水斗竊笑著任由我打。

我們手牽著手，走出客廳。

明明家裡除了我們以外沒有別人，走上階梯的腳步卻很輕很慢。

來到二樓的走廊上時，我輕輕拉了拉水斗的手。

「……欸。」

「嗯？」

「到我房間……做吧。」

水斗轉頭過來，我一邊感覺到臉漸漸變紅一邊說：

「我是說……萬一有流血……就算被發現也還好……」

「啊……對喔。」

水斗也害臊地別開目光，說：

「好主意……就這麼辦。」

不用說得太清楚，他也知道我的心思。

這讓現在的我，感覺無比自在。

最後，我們手牽著手，走進了同一個房間。

伊理戸水斗◆第二天・其9

啪的一聲打開電燈，結女那間熟悉的房間出現在眼前。

收拾得很乾淨。雖然平常都只是從門縫中瞧見，但之前學生會正忙的那段時期，明明看到書桌或地板都凌亂不堪。

而且有開空調，室內很溫暖。一定是洗澡之前來拿替換衣物時，就先把它打開了。因為

三月——還有點寒意。

結女反手關上門，突然放開我的手，拿起放在枕頭邊的遙控器。然後用它把燈光亮度調低，讓房間暗下來。

「啊……呃……」

結女注意到我的視線轉過頭來，急著解釋：

「只、只是覺得……或許不要那麼亮，會比較好——……這樣……」

「哎……應該是吧，我猜。」

我也沒多想，視線往窗戶望去。窗簾從一開始就緊緊拉上了。

隨著輕巧的「碰」一聲，結女在床沿坐下來。

我客客氣氣地，坐到她身邊。

結女用手慌亂地梳著自己的頭髮。她應該不是怕頭髮亂掉，只是不知道怎麼度過這段空檔罷了。

勝負，已經分曉。

既然如此，我想……應該由我來主導吧。

我輕輕地——碰了碰結女的肩膀。

「呀！」

我嚇了一跳驚呼的瞬間，水斗立刻把手拿開。

「啊……」

我以為我搞砸了，戰戰兢兢地看看水斗的表情。

水斗維持著手舉到一半的姿勢。我從他那副模樣，實際感受到平時處事冷靜的水斗從未有過的緊張，讓我又忍不住呵呵笑了出來。

「你好可愛。」

聽我這樣低喃，水斗露出有些不服氣的表情。

我想再稍微欣賞一下水斗的這副表情，於是輕輕抓住他舉起到一半的手，用拇指撒嬌地撫觸他的掌心。

水斗像是放棄跟我爭似的放鬆肩膀力道，用我仍然抓著的那隻手，貼在我的臉頰上。

「妳也……」

伴隨著呼吸對我呢喃的話語，講到一半停頓了一下。

「……很可愛。」

給你滿分。

我在心中這麼說，接受了水斗吻過來的唇。

伊理戶水斗◆第二天・其11

深入，再深入。

深達至今無法觸及的部分。

我一邊和結女相吻，一邊溫柔地，抓住她的肩膀。

相吻過一次之後，我睜開眼睛。我們靠近對方的臉沒有退開，距離近到無異於觸及對方，注視著彼此的臉。

然後當我再度吻上她的嘴唇時，我一點一點地，讓抓著她肩膀的手往下移動。

會不會操之過急了？

可是，我產生一種急切的心情，想現在就立刻聲明，我們接下來要做的就是那種事……

慢慢地……

我的手掌……

碰到——她隆起的胸部。

隔著睡衣的觸感，摸起來並不令人感動。老實講，我摸不出個所以然來。

但重點是，結女沒有逃開。

這項事實，給了我最大的勇氣。

伊理戶結女◆第二天·其12

即使嘴唇分開，我們依然只是悄悄地呼吸，彼此對望。

碰到我胸部的手，並沒有下流地到處摸索，只是好像在確認我的心跳般，輕輕地放在上面。

我沒有產生排斥感。

想到我這大聲但平穩的心跳也許被水斗聽見了，反而讓我變得很安心。

我也伸手，放在水斗的胸前。

撲通撲通撲通，稍快的心跳傳達到我的手心。

這是為什麼？明明純屬理所當然，我為什麼會這麼高興？
時鐘的聲響與呼吸聲，不知不覺間都從耳畔消失，只剩下彼此的心跳聲。
當我感覺那節奏變得一致的時候，水斗的另一隻手，輕推了一下我的肩膀。
「啊……」
聽到我細微的抗拒聲調，水斗的手停了下來。
「……衣服……」
自然而然脫口而出的詞語，將我們更往前推進了一步。

伊理戶水斗◆第二天．其13

結女轉身背對我，手抓住睡衣下襬，一把往上拉起。
白皙的背部一瞬間暴露在外，隨即被一頭長髮覆蓋住。
我入迷地看著她的模樣，結果被她狠狠瞪了一眼。
「……這樣很奸詐。」
結女回過頭來，帶著譴責的意味瞇起眼睛。糗了糗了，我也得把衣服脫了才行。

在我脫掉自己的睡衣時，結女也已經把褲子脫了。我當下覺得錯過沒看到或許有點可惜，但下個瞬間這個念頭就消失了。

「…………」

身上只穿著黑色胸罩與內褲的結女，側著身子坐在床上。

一看到她那模樣的瞬間，剛才儘管緊張但還算平穩的心跳，碰！一口氣爆發。

支撐豐滿胸部的胸罩上緣透明，性感到恐怕不是高中生該穿的款式。她一定是希望今天能暫時當個大人吧。想到這點，就覺得比起性感魅力，那種純真可愛更是直逼我的內心。

結女挪動一下穿著同款內褲的臀部，嫣紅的臉蛋注視著我，像是有所期待。

「啊——……呃……」

我實在想不出什麼貼心話來。

「我……我覺得……很美。」

不得不承認這話講得還真平庸無趣。

可是，看到女朋友穿起為了自己挑選的內衣，我看就算是再厲害的文學大師，也想不出其他形容詞吧。

「謝……謝謝。」

結女把抓住自己手臂藏住腰肢的那隻手，放到了臀部後面去。

從平常的穿著實在想像不到她會穿這麼嫵媚的內衣，不管看再久可能都看不膩，但唯獨今天，這還只是中間階段罷了。

「……呼——……」

像是要讓自己鎮定下來，結女長呼了一口氣。

然後，她就像在鼓舞自己般抿起嘴唇，接著雙手繞到了背後。

啪的一聲。

我聽見了——決定性的聲響。

兩邊肩帶，明顯變鬆了。

結女一邊按住罩杯，一邊把左右肩帶拉到上臂位置。

然後——

她緊閉眼睛……

顫抖著手……

讓胸罩——掉下來——落在，膝蓋上……

「…………………」

親眼看見結女一絲不掛的上半身，我不知道能如何形容。

形狀。

或是大小。

這些都不是問題——重點在於我看見了這一切，這項事實除去了我們之間的隔閡。

最後的一堵牆消失了。

這才是最重要的事情——

「——結女。」

「啊！」

一回神才發現，我動作溫柔地推了結女的肩膀，把她壓倒在床上。

沒綁起來的黑色長髮，紛亂披散在床單上。

在它的中間，有著這世上我最珍惜的女孩子。

「…………」

「…………」

我們在昏暗房間的床上，一言不發地彼此對望。

她是與我同年齡的女生。**曾經**不只如此，今後也會**永遠**不只如此。

現在、過去、未來——找遍時光的每個角落，都不會有比她更可貴的存在。

手伸出去。

兩手輕觸。

手指交纏。
再也沒有任何事物，擋在我倆之間。

伊理戶結女◆第二天．其14

戀愛總是充滿著我不明白的事物。
對方喜歡什麼，注意什麼，想接觸到什麼？
自己是否也在那些對象之內？
對於對方看不見的內心，我總是胡思亂想、瞎猜又杞人憂天，一個人擅自心煩意亂。

伊理戶水斗◆第二天．其15

一度以為懂了，隨即又被指出只是誤解。
就好像有人在斥責我，叫我別得意忘形。

既然如此我早就該學乖了，但不知道為什麼，很快又開始擅自以為了解對方。

我想一定是因為，我也希望她能了解我吧。

伊理戶結女◆第二天・其16

任何理解都只是不懂裝懂，並不能真的窺見內心。

以為心靈相通了，隔天卻又產生誤會開始吵架。

可是，我覺得每一次的摩擦，都讓我們能夠不斷前進。

即使只有一點點，一些些——感覺我們之間的隔閡，正在消失。

伊理戶水斗◆第二天・其17

隔閡一消失，話語就能傳達。

話語能傳達，就能打動內心。

打動了內心，就可以伸出手。
只要能伸出手，妳就在那裡。

伊理戶結女◆第三天・其1

我想從明天開始，我們一定還是會吵架。
為了無聊小事互不相讓。
保護毫無意義的自尊心不願示弱。
可是到了第二天，就會覺得，好像又多了解了對方一點。

伊理戶水斗◆第三天・其2

誤會就誤會。

伊理戶結女◆第三天・其3

不懂裝懂也沒關係。

伊理戶水斗◆第三天・其4

因為只要繼續下去——

伊理戶結女◆第三天・其5

——就會漸漸覺得，沒有人比對方更值得自己珍惜。

伊理戶水斗◆第三天・其6

「……太瘦了好難躺……」
把頭橫擺在我手臂上的結女，一臉不過癮地給出令我難以苟同的客訴。
「是妳說想試試的啊。」
「不是啊，因為這跟公主抱並列女生的兩大憧憬嘛……你都不會憧憬嗎？」
「我的憧憬現在每分每秒都在流失。手臂痠到不行。」
「真沒夢想……」
結女稍稍把頭往上抬，我立刻把手臂縮回被窩裡。
結女隨著輕輕「碰呼」一聲躺回枕頭上來，臉上依然微微冒汗。一綹亂髮落下貼在臉上。我用沒發麻的另一隻手，小心翼翼地把它撩開。
「呼啊……雖然很睏，但睡覺之前好想再洗一次澡……」
聽到結女打著呵欠這麼說，我關心地問：
「還好嗎？」

「嗯……沒事。」

「那就好……」

「擔心的話，要不要一起洗？」

結女噗哧一笑，臉上浮現嬌豔的笑意。

「這樣也比較省時。」

「……洗澡水可能已經涼了。」

「再燒一遍吧，今天破例。」

結女「嘿咻」一聲，上半身橫越我的身體上方。她伸長手臂，似乎在摸索床邊的地板。

其間，我帶著新鮮的心情，望著她那對在我的胸膛上壓成包子的胸部。

「我找找找，應該就在這邊……找到了找到了。」

結女從地板上，撿起剛才脫下丟掉的胸罩。

她縮回上半身，壓得床鋪唧唧作響重新坐好。然後正要讓手臂穿過撿起的胸罩時，我說：

「要穿衣服嗎？」

「咦？」

「反正還不是要脫掉。」

結女維持在手臂準備穿過胸罩肩帶的姿勢僵住了。

反正要洗澡的時候還是得脫掉，沒必要重新穿上吧。

「不、不是，可是……光著身子下去一樓有點……」

「家裡又沒人，不會怎樣吧。」

我掀起棉被爬起來。然後下床，赤腳走到門口。

「這麼晚了，郵差也不會來——」

我打開房門。

冷空氣流進來。

我關上房門。

「……好冷……」

對喔，我忘了。

這個房間有結女開空調用心弄得暖和，但走廊上當然還是三月的夜晚。三月就跟冬天沒兩樣，實在不是能全裸走動的環境。

「還是……把衣服穿上比較好。」

「啊……對、對喔……說得也是……況且仔細想想，洗澡水也沒那麼快就燒好……」

我從結女的聲調與表情中隱約看出遺憾的語意，咧嘴一笑。

「妳該不會其實很想試試看吧？」

「我、我哪有……」

「對學生會清純擔當的乖寶寶來說算是程度剛好的小小冒險吧。」

「你怎麼知道的！」

像是忽然恢復了羞恥心般，結女拉起棉被遮住了裸體。簡直像吃了智慧果實的夏娃似的。

「我能理解妳想試試的心情，不過還是穿上衣服比較好啦。萬一感冒了，會不知道怎麼跟老爸他們解釋。」

「嗚……我也不想為了那麼笨的理由穿幫……」

結女急不可耐地穿起胸罩，扣起背扣。然後把腳放到地板上，彎腰撿起掉在地上的內褲。她坐著把腿伸進內褲，接著站起來，把內褲往上拉到大腿、臀部的位置。

看完整個過程，我雙臂抱胸說：

「現在重新一看……」

「咦？」

結女一臉不解地轉過頭來。多處做成透膚色設計的內衣款式，現在看得更清楚了。

「妳真的做了一番努力呢。」

「你說什……！」

「還以為妳對那方面的事一竅不通，想不到只有知識特別豐——」

「要你管！快把內褲穿起來啦！」

她把貼身平口褲丟到我臉上。我明明是在對她為我的付出表達感謝，看來她這種焦慮病是治不好了。

我們重新穿起內衣褲與睡衣，一起下到一樓。

等洗澡水重新燒好的期間，滋潤一下乾啞的喉嚨。喘口氣之後，我滑手機對抗睏意，漫不經心地瀏覽深夜沒什麼新貼文的社群網站。

「……啊，燒好了……」

靠在我肩膀上打盹的結女，慢吞吞地撐起身子揉揉眼睛。

我們倆一起走進了更衣室。

「嘿咻……」

這是第二次看結女脫衣服了。剛才看到時差點以為心臟要爆炸，這次總算可以靜下心來。經驗果然能讓一個人變得更從容。

我動作很快地脫掉睡衣與平口內褲，扔進洗衣機。結女把胸罩與內褲放在洗臉台旁。看來那不能用洗衣機洗。

「妳那件要藏好，不能被老爸他們看到。」

「啊——……對啊。」

結女一邊苦笑，一邊低頭看看自己的決勝內衣。

「絕對會被追問……」

之後，結女用髮圈靈巧地把長髮盤到頭上。本來想說需不需要幫忙，看來畢竟是每天都在做的事，動作俐落得很。

於是，我們倆一起走進浴室。

蓮蓬頭噴出了涼水，「好冰！」結女跳了起來。我看她這樣，拿蓮蓬頭噴頭噴了結女一下。

「呀啊！討厭！」

結女橫眉豎目，我吃吃偷笑。

結女見狀似乎想報復，濕濕涼涼的手伸過來摸我脖子。鬧著鬧著，蓮蓬頭的水也漸漸變熱了。

我稍微沖洗自己的身體，然後拿蓮蓬頭對著結女的身體。熱水像是河川一樣，流過隆起的胸部與腰部曲線等處。

「要不要我幫妳洗？」

「你很色耶。」

「被妳說對了。」

不需要再隱藏了。

「等會再說。」

說完，結女從我手中搶走了蓮蓬頭。

結女沖澡的時候，我泡進浴缸裡。

我從浴缸裡抬頭看著淋浴的結女。其實是廢話，不過這畫面看起來真新鮮。我們都一絲不掛但感覺很自然，不需要遮遮掩掩。

「欸。」

沖濕了肌膚的結女，把手放到浴缸邊緣說了。

「你讓一點位置給我。」

「很擠喔。」

「沒關係啦，沒關係。」

我稍稍彎起膝蓋，結女踏進了熱水裡來。本來以為她要跟我面對面泡澡，沒想到結女用臀部對著我的臉。雪白的臀部當著我面前往下降，剛剛好坐進我的兩腿之間。

嘩啪——大量熱水從浴缸溢出，流進排水口消失不見。

「呼──……」

結女把我的身體當成椅背靠著放鬆。

我俯看她的臉，說：

「為什麼是這個方向？」

「啊──……沒有啊，就是……」

結女嘿嘿笑著掩飾害羞，說了。

「現在讓你從正面看到我的裸體，還是會讓我不太能放鬆。」

噢，原來如此。

我用手臂環住結女的腰，說：

「過程當中，其實意外地沒有多餘心思看身體耶。都只看到妳的臉跟枕頭。」

「我也是……都只看到你的臉跟天花板。」

不過現在嘛──視線往下降，就看到兩團白球輕盈地浮在水面。

「唉──……」結女深深地嘆一口氣，說：

「真的做了呢……」

「妳後悔嗎？」

「不會，一點也不。」

結女把後腦杓靠到我肩膀上，仰望著天花板。

「聽學姊聊起時，我一直有點怕怕的……但結束之後，才發現比想像中……」

「舒服？」

「笨蛋，死相。」

這我知道。我也知道現在開這點程度的玩笑妳會接受。

「舒不舒服什麼的，老實說，我還不是很懂……只是覺得，好像我們之間的連結比以往更緊密了……或者應該說被填滿了嗎……」

「好吧，我似乎可以理解。」

自己不再是一個人了。

我有這種感覺。

「……謝謝你。」

「謝什麼？」

「努力試著當個紳士。」

「我本來就是紳士啊。」

「只有一開始。」

「…………………」

「呵呵。」

結女露出濃情密意的微笑，挪動身子稍微往下沉。我環在她腰上的手臂使點力，支撐她的身體。

「洗頭髮好麻煩……」

「今天已經洗過了吧。」

「啊，對喔。」

「沖掉汗水就可以出去了。」

「嗯……」

結女的聲音逐漸變得軟綿綿傻呆呆的，聽得出來正在被睡魔侵襲。

「欸，水斗。」

「嗯？」

「我們一起睡吧。」

「出了浴室再說。」

「嗯……」

「……妳要是在這裡睡著，我會對妳惡作劇喔。」

「嗯……」

「…………………」

「呀嗚！」

我像吸血鬼一樣吸吸看白皙的頸項，結果立即見效。

被結女罵「要是留下痕跡怎麼辦！」之後，我們離開了浴室。

伊理戶結女◆第三天・其7

輕飄飄浮上表層的意識當中，一團暖呼呼的東西把我抱在懷裡。

慢了一些，觸覺以外的感官也逐漸甦醒。平穩的睡眠呼吸聲，對著我復甦的聽覺細語呢喃。

我委身於它的節奏，昨晚那夢一般的事情，便徐徐取回了輪廓。

噢……對喔，我們……

我緩緩睜開眼睛。

模糊的視野裡，有著水斗的睡臉。

我看了也不會嚇到、焦急，或是害羞。

我跟他，已經變成那種關係了。

「……嗯，嗯嗯……」

我一邊頻頻眨眼，一邊在半夢半醒之間摸索枕邊。好不容易摸到了我要的東西——手機之後，喚醒畫面確認時間。

「……已經這麼晚了……」

與其說是早上，不如說已經中午了。

被兩個人的體溫烘暖的被窩，像是無底沼澤想把我拉下水。雖然睡回籠覺的誘惑令人難以抗拒，但是看著這個自我墮落的時間顯示，睏意就自動消散了。

倒不如說……

「……這是水斗的手機……」

我慢吞吞地爬起來，把手機放回原位。這次才真正拿起自己的手機，輕手輕腳以免吵醒水斗，把腳放到床下。

「好險……」

差點就踢到堆在地板上的書了。

我都忘了，這裡是水斗的房間。我的房間該怎麼說？可能還有點那種氣味或氣氛，總之感覺會產生奇怪的心情，所以就到水斗的房間一起睡了。

「……嗯……」

聽見呻吟的聲音，我轉頭去看。

被我掀開棉被的水斗翻了個身，眼睛睜開了一條線。

我說：

「早。」

「……早安。」

剛睡醒的聲音很沙啞。

「我去洗臉。」

「嗯……」

「不可以賴床喔。已經睡夠了吧？」

「嗯……」

嗯……我覺得他會照睡不誤。不過很可愛所以原諒他。

本來想給他個早安吻，但聽說起床時口腔異味會很重……於是我選擇自我克制，從床邊站了起來。

我手扠腰，伸展背脊。身體狀況……應該都還好。

我走出了水斗的房間。本來想直接下去一樓，但在那之前想起了一件事，打開自己房間的門。

窗戶我一直開著。我擔心會有氣味殘留，所以昨晚睡前打開了窗戶讓空氣流通。

再來就是被單了……

不只是看起來很明顯，我還是擔心有氣味殘留。本來應該昨晚就洗起來的，可是進去洗澡之前不小心用了洗衣機，必須等它運轉完才能洗床單。但我實在太睏，一洗完澡就睡著了……

媽媽他們會在今天傍晚回來。現在放洗衣機，應該還來得及。

我把床單拆下來，抱著它下到一樓。

走進更衣室，先把床單放下，從洗衣機裡拿出昨天洗的睡衣與內褲。這時我才發現，我把決勝內衣放在洗臉台忘了洗！

我先把床單用洗衣網裝好放進洗衣機，按下開關。然後趕緊自己搓洗內衣褲。只能拿到房間晾了，希望來得及乾……最糟的情況下，也只能半乾就藏起來了。

結束整套作業鬆一口氣之後，我總算洗了把臉。

比想像中還累……想要像曉月同學說的那樣，在家裡偷偷來而不被媽媽他們發現——怎麼感覺根本是在幻想？

我洗完臉正要接著刷牙時，聽到有人下樓的聲音。

門喀啦一聲打開，頭髮睡亂的水斗過來了。

「……早安。」

我拿著牙刷轉頭看他，說：

「第二次了。」

「嗯……？」

「說早安。」

水斗偏了偏頭。他起床精神真的很差。

我把牙膏擠在牙刷上，銜在嘴裡從洗臉台前讓出空位。水斗一邊用手撫平翹起的頭髮一邊站到我身邊來。

「……啊。」

正要開水龍頭時，水斗注意到洗衣機正在運轉。

「我忘了……」

「我都弄好了。」

「抱歉。」

「怎麼了？」

「都丟給妳做……」

也許是剛睡醒的關係，水斗似乎是真心覺得歉疚。大概是關心我吧。

「沒關係，這沒什麼。」

「……垃圾我去倒。」

「麻煩你嘍。」

我們之後就暫時沒說話，唰唰有聲地刷牙。

水斗迅速洗好臉，然後跟我一起刷牙。我先刷完，漱口也漱好了，但留下來等水斗盥洗完畢。

嘩啦嘩啦嘩啦，水斗漱完口，用毛巾擦嘴。

然後當他轉過來時，我帶著一絲笑意說了：

「準備完畢。」

站到偏頭不解的水斗面前，我微微揚起了下巴。

「嗯！」

「啊——……」

水斗苦笑起來，把手搭在我的肩膀上。

我閉上眼睛後，水斗湊過來吻我的嘴唇……

「嗯——！」

他把舌頭伸進來了！

我被水斗抓住，嘴裡被蹂躪了一番之後，才終於分開嘴唇跟他抗議。

「早上就這樣衝太快了！」

「我以為妳在暗示我。」

水斗好像想忍住不大笑，壓低了聲音竊笑。我才稍微撒個嬌就這樣……個性真惡劣。就不能老老實實跟我調情嗎？

「肚子餓了。換好衣服後就去吃外面吧。」

「去哪裡吃？」

「反正餐費有剩，吃好一點好了。當作慶功宴。」

「還慶功宴呢……」

我一邊苦笑，一邊跟水斗一起離開了盥洗更衣室。

正好就在這時，我的手機響了一下。

畫面上出現媽媽ＬＩＮＥ我的通知。

「媽媽說他們大概四點到家。」

「這麼快啊。」

「大概還剩四小時啊……」

「那麼，我們得在那之前——讓自己變回去才行。」

變回一家人。

水斗補充了這句話。

我「嗯」一聲點點頭，又說：「不過……」輕輕靠到了水斗身上。

「再……一下下就好。」

我們是情侶。

我們是一家人。

兩邊我們都想繼續當。

只要能做得到，我一定能過得很幸福。

明日葉院蘭◆被拋下的勝利歡呼

我獨自一人，仰望自己房間的天花板。
念念不忘的，卻是烙印在腦海裡的光景。
一大張白色單子，張貼在公告欄上。
看到那份名單，我立刻前往一個地點。
去最有可能見到某個人的地點——學生會室。
——白色情人節的時候，女生應該要如何應對呢……
——從容有自信就好啦！拿出自信就對了！
——不過處於被動也讓人靜不下心呢。
我一邊聽著熟悉的說話聲一邊開門，三個人一齊轉頭看向了我。
——明日葉院同學？辛苦了——
我一路跑來氣喘吁吁，但沒停下來就直接逼近她，說：
——伊理戶同學！妳看到了嗎！

——咦？

——我……！

反覆復甦的記憶回想到一半，我硬是就此打住。

我從床上坐起來，視線望向放在書桌上沒動的那個東西。

那是半個月前發回來的，年級最終期末考的答案卷。

上面寫的數字幾乎都是「１００」。

半個月前——張貼在公告欄上的單子，寫著：

「第一名　明日葉院蘭」

「第二名　伊理戶結女」

妳聽見了嗎，伊理戶同學？

是我贏了。

妳聽見了嗎，伊理戶同學？

妳聽見了嗎……——

伊理戶水斗◆二年七班

新學期。

同時，也升上新的年級。

睽違了約兩週穿起制服的我與結女，一起走向同一間教室。

「真沒想到今年又同班了——」

嘴上這樣講，結女的臉頰卻欣喜地微笑著。

升上二年級時會換班。我們也是剛剛才拿到新的學生證，上面印了新的班級。

二年七班。

等於是一年級時的班級直接升上二年級——想想去年的班上同學，分班應該不是單純按照成績順序，但看來學校老師覺得把我們兩個湊成一對管理不會出錯。

聽說到了三年級，就會依照升學進路來分班。我打從骨子裡是個文系，結女則應該是理系，因此我想這會是我們最後一次同班。

「不知道曉月同學在不在……還有麻希同學，以及奈須華同學……」

「有這麼多事情可以煩惱真不容易啊。我可就輕鬆多了。」

「真佩服你可以把完全沒朋友講得這麼正面……」

我們循著門上的班級牌，一路尋找新教室。

走著走著——在一間教室前面的走廊上，看到一個熟悉的人影怯生生又鬼鬼祟祟地站在那裡。

「伊佐奈？」

「嗚欸？」

轉過頭來的不是別人，當然是東頭伊佐奈。

伊佐奈縮著肩膀，視線在我與結女之間忙碌地來回，「啊！」叫了一聲。

「難、難道說……兩位也是七班嗎！」

「是啊……咦？難道說……」

「太好了～～～！」

伊佐奈露出真心覺得如釋重負的表情，抱住了結女。

「真是太好了～～！今年不用再當邊緣人了～～～！」

「東頭同學也是七班？」

「是的！」

「咦，太棒了！」

結女握住伊佐奈的手，歡欣鼓舞地蹦蹦跳跳表達喜悅的心情。

從成績上來說，伊佐奈應該離我們有一大段距離……我看最有說服力的解釋，恐怕是看到伊佐奈孤立成那樣，校方大發慈悲了吧。

適度分享過喜悅心情後，我們打開新教室的門。

好幾道視線刺在我們身上，果不其然幾乎都是生面孔。同時也聽得到「哇，是學生會的……！」「那不是伊理戶家那兩個嗎？」「這個班級會不會太資優班了？」等交頭接耳的聲音。果然只要有結女在就會很引人注目。伊佐奈已經第一時間逃離視線，躲到我背後去避難了。

「結女——！」

只見一個人影像飛魚一樣飛來，原來是南同學。

結女一邊接住她嬌小的身軀，「哇啊！」一邊發出歡呼。

「我們同班？」

「我們同班！」

歡欣鼓舞敲鑼打鼓。

沒理會這場才剛看過的歡喜之舞，另一個男人靜靜地走向我。

「嗨，伊理戶。」

「你也同班啊……」

「口氣別這麼厭惡啦，很傷人耶。」

看著川波小暮令人信不過的笑臉，我聳聳肩。很遺憾地，我開始感覺到一種孽緣了。

歡喜之舞跳完後，結女環顧教室之中。

「麻希同學還有奈須華同學呢？」

「她們倆分到別班了——不過妳看，還有一個大家都認識的女生喔。」

「大家」這個講法，聽起來像是不只結女，我還有伊佐奈也包括在內。

南同學指著教室的一個角落。

靠窗的最前排座位。

只有座號一號的學生分配到的那個座位周圍，不知為何有種如履薄冰的緊張氣氛。

原因當然是坐在座位上的學生。

那個體格特別嬌小卻蘊藏著嚴謹存在感的女生，就連不會認人的我，看到她也覺得十分眼熟。

「啊！」

結女驚叫一聲，然後小跑步到她身邊。

她的周圍之所以充斥著如履薄冰的氣氛，是因為沒有人想接近她。

可是，唯獨結女——在這教室當中與她關係最深的結女，輕易就能踏過那條界線。

結女興奮地把手撐在她的桌上，說：

「原來我們同班啊！請多指教喔！」

那個閒來無事，托著臉頰眺望窗外的女生，聽到有人叫她才終於轉過頭來，看著結女。

「……請多多指教——伊理戶同學。」

明日葉院蘭用一種以拘謹態度來說過於缺乏感情色彩的語氣，這麼說了。

義妹生活 1~7 待續

Kadokawa Fantastic Novels

作者：三河ごーすと　插畫：Hiten

「追求自我本位的幸福。」
兩人逐漸登上從「兄妹關係」通往情侶的階梯……

隨著與悠太的距離持續縮短，沙季雖然對「彼此的關係要受所有人歡迎有多困難」這點有所體悟，依舊渴望與他有更多互動。然而儘管身處特別的日子，兩人在外卻難有情侶的交流，反而更加感受到距離……最後，總是壓抑自身心意的兩人採取了某種行動——

各 **NT$200~220/HK$67~73**

豬肝記得煮熟再吃 1~7 待續

Kadokawa **Fantastic** Novels

作者：逆井卓馬　插畫：遠坂あさぎ

與潔絲一同找出瑟蕾絲不用喪命的方法——
根本是豬左擁右抱美少女的逃亡紀行？

為了讓變得異常的世界恢復原狀，瑟蕾絲非死不可？我們與被王朝軍追殺的她展開充滿危險的逃亡之旅，朝「西方荒野」前進。被兩名美少女夾在中間的火腿三明治之旅，出現了意料外的救兵。救兵真正的意圖是？而瑟蕾絲始終如一的戀情，又將會何去何從

各 **NT$200~250/HK$67~83**

轉生為故事的黑幕～以進化魔劍和遊戲知識傲視群倫～ 1 待續

Kadokawa Fantastic Novels

作者：結城涼　插畫：なかむら

嶄新的英雄傳說掀開序幕——
異世界奇幻的完全形態！

「七英雄傳說」是受全球玩家熱烈支持的遊戲。最早破關其續作的大學生蓮轉生到遊戲裡成了嬰兒，得知自己的身分竟是那名把世界推下絕望深淵的神祕強者。他於是決定待在邊境度日，卻遇見將於遊戲裡被自己奪去性命的聖女，踏上意料之外的冒險旅程——

NT$260/HK$87

倖存鍊金術師的城市慢活記 1~6 完

Kadokawa Fantastic Novels

作者：のの原兎太　插畫：ox

這是居住在魔森林的精靈與魔物，
以及人類之間的故事。

對吉克蒙德失去信任的瑪莉艾拉從「枝陽」離家出走。就像是要「回老家」似的，瑪莉艾拉為了尋找師父芙蕾琪嘉，與火蠑螈及「黑鐵運輸隊」一同前往「魔森林」。然而……

各 **NT$260~300/HK$87~98**

身為VTuber的我因為忘記關台而成了傳說 1~5 待續

Kadokawa Fantastic Novels

作者：七斗七　插畫：塩かずのこ

衝擊的VTuber喜劇，
熱鬧慶祝週年的第五集！

淡雪著手籌備接著即將到來的「三期生一週年紀念」活動，然而……活力充沛的好孩子小光居然因為努力過頭，把喉嚨操壞了？儘管小光說什麼都不願乖乖休息，但在淡雪將「觀眾的心聲」傳遞過去後，她的心境也逐漸起了變化——

各 **NT$200~220/HK$67~73**

砂上的微小幸福

Kadokawa Fantastic Novels

作者：枯野瑛　插畫：みすみ

「邪惡的怪物應該消失。你的願望並沒有錯喔。」
這是某個生命活了五天的故事——

　　商業間諜江間宗史因任務而與女大生真倉沙希未重逢，卻被捲入破壞行動。祕密研究的未知細胞救了瀕死的沙希未。名喚「阿爾吉儂」的存在寄生於其體內，以傷勢痊癒後歸還身體前的期間為條件，與宗史生活在同一屋簷下……

NT$270/HK$90

熊熊勇闖異世界 1~19 待續

Kadokawa Fantastic Novels

作者：くまなの　插畫：029

距離封印被解開的時刻越來越近……
異世界熊熊女孩即將面臨前所未有的戰鬥！

和之國正面臨大蛇即將復活的危機。被視作「希望之光」的優奈見到了守護大蛇封印的女性——篝。她表示過去封印大蛇的正是精靈長老穆穆祿德，於是優奈便邀他與露依敏一同前來和之國。一行人開始擬定對策，大蛇復活的時刻卻愈來愈近……

各 **NT$230~280/HK$75~93**

國家圖書館出版品預行編目資料

繼母的拖油瓶是我的前女友. 10, 只要能伸出手, 妳就在那裡/紙城境介作；可倫譯. -- 初版. -- 臺北市：臺灣角川股份有限公司, 2023.11

面； 公分. -- (Kadokawa fantastic novels)

譯自：継母の連れ子が元カノだった. 10, 手を伸ばせれば君がいる

ISBN 978-626-378-160-3(平裝)

861.57 112015441

Kadokawa
Fantastic
Novels

繼母的拖油瓶是我的前女友 10
只要能伸出手，妳就在那裡

（原著名：継母の連れ子が元カノだった 10 手を伸ばせれば君がいる）

2023年11月22日　初版第1刷發行

作者：紙城境介
插畫：たかやKi
譯者：可倫
發行人：岩崎剛人
總編輯：蔡佩芬
編輯：邱瓈萱
美術設計：宋芳茹
印務：李明修（主任）、張加恩（主任）、張凱棋
發行所：台灣角川股份有限公司
地址：104台北市中山區松江路223號3樓
電話：（02）2515-3000
傳真：（02）2515-0033
網址：www.kadokawa.com.tw
劃撥帳戶：台灣角川股份有限公司
劃撥帳號：19487412
法律顧問：有澤法律事務所
製版：巨茂科技印刷有限公司
ISBN：978-626-378-160-3